文芸社セレクション

第二の人生
=流氷に乗って来た白熊
+童話集

有水 博
ARIMIZU Hiroshi

文芸社

目次

第二の人生＝流氷に乗って来た白熊……7

第二の人生＝流氷に乗って来た白熊

1．転職

二気筒の、古いホンダCB250は軽いエンジン音をひびかせ、大阪平野の北のはずれの丘陵地を走る。

藤原鎌足の埋葬跡が発掘された阿武山古墳の裾野から、ザビエルの肖像画が発見されたかくれキリシタンの里千提寺集落に寄り道した。

人家が絶えた雑木林の丘の上、旧大阪外国語大学の新しい校舎に向って走る。

十七年間勤めた外務省、それもアマゾン、ポルトガル、ブラジリア、ボリビアの僻地勤務と、そのあいだの本省中南米課での政府要人の通訳の思い出を風で吹きとばそうと、四十二歳はアクセルをふかす。

初めて向う教室で、どういう自己招介をするか、これからの授業の内容を、どう予告するか？

教室では、二十名ぐらいの学生、その半分は女子学生が、新参の教師を値踏みするような大人びた目付きで待ちかまえていた。

簡単に自己紹介し、話し始めると、警戒心がとけてきたのか、人なつこい顔付きに変り、なかには隣の学生と私語を始める学生もいる。

私がこの新設学科に採用されたのは、多分、実務経験者の教職転用の一環だと思う。この学科も、今年から最初の新入生が三年生になるので、専門科目も実務的なものが中心になるが、世界に広がったポルトガル語圏の理解のため大航海時代をリードしたポルトガルの近代史、ブラジル、アンゴラ、モザンビークの現状についての解説を補って行きたいと説明し、早目に授業を終えた。

大阪の下町から、その二年前に引越し、遠くに万博記念公園が見える新しいビルの最上階の研究室にもどると、自分の名札が掲げてあり、独立の研究者、教員としてスタートするぞ！　という喜びと不安が同時に湧いてきた。

2. 教官の公募

後から聞いた話だが、教官公募の際、本命は途上国の経済発展の研究者で、ブラジルに一〜二年留学した人だった由。公募の審査委員から、この候補がポルトガル語を教えられるか否か、問題視され、対抗馬の私が選ばれたらしい。

外語大の場合、学生数に応じ、各学科に三〜五名の教員が配置され、各教員は週五又は六コマ（九十分授業）の授業を受け持つ。そのうち半分は専攻外国語の授業を担当する科目編成になっている。残りは、各教員の専門に応じ、専攻語の言語学、文学、文化、特に歴史の授業を受け持つ。

私の場合、東京外国語大学で、四年間ポルトガル語を専攻した。ポルトガルのポルトガル語とブラジルポルトガル語は、英・米語のように、主として発音上、大きな差がある。ポルトガル本国は、十九世紀に音韻上の変貌があり、フランス語のように必ずリエゾンするし、ブラジルの母音7つに対し、11から13の母音があり、聞き取りが難しいといわれる。一例をあげれば、「大臣達」Os ministrosをブラジルでは「オス・ミニストロス」と聞こえるが、ポルトガル式では「ウズムニストルシュ」となる（アクセントのないOはウ、mとnの間のiは無声、語尾のsはシュと発音）。私の場合、外国人教師はポルトガル人のアブランシェス・ピント先生一人で、習い初めからポルトガル式発音に慣れた。

なおポルトガル式発音は、アンゴラでも、モザンビークでも、現地の学校教育を受けた人々の間で話されていた。

卒業の一年半後、日本の水産会社が、当時ポルトガルの植民地だったアンゴラで、現地の漁船六十隻から毎日イワシを買い、日本から回航した一万一千トンの母船上で、魚粉、魚油に加工する初めての事業に、唯一人のポルトガル語通訳として従事。多くのポルトガル人から、誰からポルトガル語を習ったのかと尋ねられ、アブランシェス・ピント先生と答えると、あの人の弟は、本国の陸軍大臣で、甥はアンゴラ総督の補佐官だと教えられた。操業開始直前、この人とは立ち話することができた。

唯一人の通訳だったので三ヶ月の操業期間中、睡眠時間は一日平均三時間。一方向の演説などの通訳とちがい、現地のネイティブとのやりとりは、相手が話したことの半分位は繰り返すことになるので、話す訓練にはなったと思う。特に相手の話した音が、私の場合、耳に残り易いので……。

翌年は、アンゴラ南部の漁村で、三十隻あまりの現地漁船から鯛《たい》を買い冷凍して日本に持って帰る事業を担当したが、採算が合わず、一方的に契約を途中でキャンセルしたこともあった。

会社が清算会社になって、一九六四年外務省に中級試験で入り、本省中南米課の仕事では、アンゴラでの経験が生き、即戦力とおだてられてポルトガル語通訳の仕事が多かった。当時中級試験合格者の海外留学制度はなかった。

当時、ブラジルは軍事政権の下、奇蹟的といわれた経済成長をとげ、日本からの企業進出も急増、政府要人の往来が盛んな時代だった。

通訳の思い出としては、

―ガイゼル大統領の訪日延期について、当時の宮沢外相と駐日ブラジル大使の険悪なやりとり。ブラジル大使が、日本の政情も考慮し延期したいと述べたのに対し宮沢外相が激怒。

―ウジミナス製鉄（政府系企業）の増資についての大平蔵相とウジミナス社社長の面談。大平蔵相の発言の真意が分からず。

―ウエキ鉱山動力大臣（二世）の東海村原発視察通訳と河本通産大臣との会談。ブラジルは当時米国から原発一・二号機導入を計画中。

―日・伯議員連盟交流（衆議院主管）で来日したブラジル連邦議員十名、夫人同伴の観光案内。ブラジル連邦議会の議事録を毎年国会図書館に送付してくれることに。

―二代にわたるアマゾン地方の知事夫妻の皇太子殿下・妃殿下表敬。アマゾンの動植物について御歓談。

―ジョルナル・ド・ブラジル紙主筆の朝日新聞社訪問同行。中国文化大革命の解釈についての取材通訳。

外務省での通訳は話題が多方面にわたり、相手も政府要人が主で、神経を使った。

特に日本の経済協力案件では、相手に後で言質を与えないよう表現に気を配った。

これらの通訳の際、役立ったのは、ブラジルのAlmanaque（時事年鑑のようなもの）の関係のありそうな事項を、通訳する当日の朝、三十分位音読したことだった。これは舌の訓練にもなったし、政府要人の前で、過度に緊張しない準備にもなった。

なお、後に外務省を辞めると申し出た時、他局の若い課長より、外務省で留学させてもらった費用を返却すべきだと言われたが、私が入省した当時、外務公務員中級入省者に海外留学の制度はなかった。中級の同期入省者は、上級の試験を受け直すため日本にとどまることをえらんでいたのである。私のポルトガル語は、外務省入省前、アンゴラで一年半仕事をした時に一日二十時間も通訳した経験が土台になったと確信している。

また、大蔵省国際租税課が主管する日本・ブラジル二重課税防止条約改訂交渉の末席を占め、条約改訂交渉の対象となるブラジルの多様な経済開発のための租税特別措置（アマゾン・東北伯開発、漁業・観光・航空機製造等々）の説明をブラジル側通訳に代って解説に努めた。このブラジル側の租税特別措置（投資すれば最大50％税額控除）を認めないと、その分日本の進出企業の利益として日本側が課税する結果になるからである。他方、日本の国会では、この制度が進出大企業の節税対策として利用されるとして、野党の反対が強かった。

例えていえば、日本の〝ふるさと納税〟による返礼の地方産品の代りに、アマゾン地方の会社等の株式がもらえる仕組が一九六〇年代末にできたのである。

3. 外務省を辞めようと思った理由

一九七四年、田中角栄首相のいわゆる資源外交の始まりとされるブラジル・セラード農業開発プロジェクトのための公式訪問に随行。ブラジル連邦議会の議事堂見学の際、突然閉じ込められ、公式行事にない田中首相歓迎演説会が始まった。

これは、当時の軍事政権が南米の大国として議会が機能しているかのような外見を保つため、議事堂内に限って議員の自由な発言（免責）を認めていたのを逆手にとって、軍事政権を間接的に非難する演説会を、テレビカメラを入れて強行したものであった（日本は何故大戦後、急速に復興したのか？　再軍備をしなかったからである……日本憲法九条全文のポルトガル語訳を朗読……）。

通訳として、手短かに、この歓迎会の背景を解説したところ、田中首相は「あっそうか」といって、すれ違いの答弁、ならぬスピーチを即興でして、拍手をあびた。

そのためか、そのあと在ポルトガル大使館に転勤し、わずか一年三ヶ月たった時、ブラジリアに転勤せよとの内示があった。

というのは、超法規的措置で仲間の釈放と六百万ドルの資金を得た連合赤軍が、海外での反皇室闘争を宣言したのである。

まさにこの時、皇太子殿下・妃殿下のブラジル移住七十周年記念式典御列席が決まり、警護のためのブラジル側との連絡係を担当せよとのこと。

首相など政治家の場合、万一暗殺されても代りになりたい人間は多数いるが、皇族の場合そうはいかない。無事にすんで当り前。何か事故があれば、即クビ、という役目なので、皆逃げたがる。

私の場合、ポルトガルの前の在外勤務は、アマゾンの四年間だったので、ポルトガルには、せめて二年は置いてほしいと抵抗した。

結果ブラジリアには、長期出張で出向くことになった。

ブラジリアでは、日本側は、あとで事故が起こる場合を心配し、細かい警備上の要望を次々に出した。ブラジル外務省は、ついにブラジル訪問を中止してはと言い出した。

日本側は、第一回ブラジル移住船笠戸丸の生き残りの人達も少なくなり、記念行事の準備も進んでしまっているので、「公賓の身の安全を守るのは、招待国の責務である」一点張りで押し通した。

ブラジル側は、当時軍事政権の時代でもあり、安全第一で、待ち伏せを警戒し、行啓のルートや時間も日本側に通報することなく突然変更したことが何回もあった。

サンパウロのパカエンブー競技場や、ブラジリアの日本大使館前庭で、皇太子殿下・妃殿下の拝謁に浴せなかった多くの移住者の人達は、両殿下が通過する予定だった国道に沿って、何時間、あるいは前日から待っていた人達もおり、警備連絡係の私は大分苦情をいわれ、円型脱毛症になってしまった。

更に長期出張のブラジリアからポルトガルに帰る挨拶をしに、ブラジル外務省儀典官を訪ねたところ、

「今度は、ボリビアで何があるんだい」と突然いわれ、初めてリスボンから、富士山より高い、空気が２／３のボリビアのラパスに左遷されることを知った。

（二年間勤務したラパスでは、クーデターで閉鎖された標高四千百メートルの空港から、クーデター軍の護衛の下、足止めをくっていた商社員六名を特別便で送り出し、ラパスにもどろうとしたところ、護衛のクーデター軍は戦闘のため姿を消し、更に自

家用トヨタランドクルーザーの燃料油が抜きとられており、あやうく一命を落としそうになる経験をした。）

ブラジリアからポルトガルに帰り着いた時、ちょうど大阪外大のY教授が夏休みを利用して、もとの教え子の丸紅リスボン支店長T氏を訪ねて来ていて、大阪外大に、次の年の春、ブラジル・ポルトガル語学科が新設されるという話を聞いた。

リスボンから一旦家族を日本に置いて、単身ボリビアに赴任する直前、大阪に立ち寄って、教員の採用はどうするのか尋ねに行ってみた。

大阪外大の下町の旧校舎には、その二十年以上前の学生時代と若手O. B. の頃、ラグビーの定期戦で何回も行ったことがあった。大阪外大の旧校舎のグラウンドは狭かったので、定期戦の時だけは、高校生のあこがれる花園ラグビー場の第一グラウンドの芝生の上で試合ができたので、O. B. になっても参加していた次第。

誰か知り合いがいないかと、新しい校舎の事務局を訪れると、学長殿が出てきて、『教員の採用は公募で、学内の五名の審査員が、著作等を調べて内定し、教授会が最終決定をする。リスボンを訪れたY教授が、あなたに何か約束するようなことはなかったでしょうね……』と何回も念を押された。

こちらからは、もし実務経験者を採用することになったらと前置きして、履歴書を置いて、早々に退散した。

その一年後、大阪外大が教員を公募したところ、応募者が無かったと伝え聞き、その翌年、応募した経緯がある。

私が、一九五六年東京外語のポルトガル語学科を受験した理由のひとつは、当時日本の大学で、ポルトガル語学科があったのは、東京外語だけだったこともある。戦前、ブラジル移住が始まった十一年後の一九一九年（大正八年）ポルトガル語学科ができ、三十五年たった戦後の企業進出に合わせて、一九六四年に上智大学に、一九六七年に京都外大にポルトガル語を専攻する学科ができた。一九八〇年当時、これら二つの大学の最初の卒業生は、三十歳前後の人達で、実務経験者として競争する人達も多くはないと思えたので、応募した次第である。

（詳しくは、文芸社、弊著「辺境の地で働いて」を参照願いたい）

4. 授業を開始して

三・四年生向きの授業（選択必修）では、ブラジル経済資料講読と題して、
—ブラジル中央銀行の年次報告書の一部分
—対外利潤送金法（通称外資法）の主要条文
—セルソ・フルタード著「経済発展と低開発」の一部
—経済雑誌記事（ブラジルの対外債務・モラトリアム等）等（毎年記事入れ換え）
を用い、学生には一パラグラフずつ音読させてから、そのパラグラフに題名をつけさせる練習を始めてみた。

音読させたのは、通訳としての適正があるか否かを見るためと、パラグラフに題名をつける練習をすると、通常各パラグラフにひとつの主題があり、論理の展開をたどれるので、内容を即座に把握できるからである。

なお、多岐にわたる話題の通訳に役立つのは、ブラジルの Almanaque（毎年出版される時事年鑑のようなもの）を拾い読み（音読）するのが効果的なので、その時々の国際的な話題を適宜コピーして配布した。

5. 学生側の事情

当初、二―三ヶ月、この方式で授業を進めてみたが、音読が照れくさいのか、スムースに読まない男子学生が多く、また各パラグラフに題名をつける練習は、四、五人の学生を除いてはうまく進まなかった。

ある日、偶然少し早目に教室に向った時、

「有水《ありみず》をばらせ……」という男子学生の声が、廊下に聞こえてきた。教室に入るや否や、

「なんでやねん?」と問い質すと、

「いや……、テレビの西部警察のマネをしてました……」

「わしはどんな敵役《かたきやく》か?」

「……」

「ブラジルには八十万人といわれる海外で最大級の日本人・日系人の集団がいる。二世は親との会話で、日常的な日本語は分かるが、漢字は読めない。しかし、日本で初等・中等教育を受け、親につれられてブラジルに移住し、ブラジルの夜間高校、大学

を卒業した若者達が五百社近い日系企業で働いている。これらの人達は本社から派遣された ポ語要員の正規社員に対し、待遇上の差別などから、特別きびしい評価を下す傾向があり、それが世評として定着してしまう。諸君が、ポルトガル語を専攻した以上、相当な覚悟で勉強したほうが良いよ……」

他方、女子学生の中には「センセ、センセ……」といって色々質問してくるかわゆい子もいて、それまで女性にもてたことがなかったセンセが鼻の下を長くしていたので、男子学生の反感をかったのかと反省。

センセ、センセという女子学生からは、有益な忠告を受けた。

「これまでの二年間、ポルトガル語学の若い専任講師と、ブラジルの師範学校を出た二世の女性の非常勤講師から、文法の授業と日常会話を受けてきて、文法のテストが悪かった男子学生が二年生になるべきところ七名も留年したんです。センセの授業は内容が難しく、皆、留年するのを怖れているので、授業をもっと易しくしたほうがいいですよ！」

通訳として適性があると思われる学生は、二十名中二—三名だろうし、それ以外の学生が留年、中には途中退学となると、日本の社会では過度に選別的になるし、卒業後ポルトガル語と関連しない仕事をする学生も半数以上はいると思われた。

そこで音読とパラグラフ毎に題名をつけるだけの授業はやめにして、通常の全文和訳式の授業に変えた。これだと一授業時間中、三—四パラグラフしか進めない。

また、大学側が指定した「ポルトガル語商業文」という授業科目名の授業も受け持ったが、「綿布二百反をリバプール港より本日船積せり」式の古風な商業例文を教材にすることはやめて、アポイントメント取付け、支店開設通知、招待状、お祝い、おくやみなど最新の日常的例文を集めてコピーし、教材とした。また英文とスペイン語の信用状の実物コピーを教材にして、標準決済の方式を説明したり、ブラジルの新聞に掲載された企業の決算報告＝貸借対照表、損益計算書の説明をしたこともあった。これは私が大学卒業直後、アンゴラに行く前、一年半K中堅貿易会社経理部で働いていた時の経験に基づくもの。


一年生には、大学側指定科目の「ポルトガル・ブラジル文化概論」と題する必修科目も担当した。ポルトガルが大航海時代をリードした歴史、ブラジル現代史、世界に広がったポルトガル語圏（アンゴラ、モザンビーク、ギアナビサオ、カーボヴェルデ、サントメイプリンシペ、マカオ、東チモール）の地理・歴史の日本語による講義。

二年生には、ポルトガル語講読と和文ポルトガル語訳の授業を受け持った。

ポルトガル語の場合、英、仏、独語などと違ってボキャブラリーの多いポ・和辞典が無いので、三年生以降はポ・ポ辞典を使わざるを得ない。ポ・ボ辞典を使うには、最低四—五千語の基本用語を知る必要があるので、二年生の終わりまでにその習得を目標とした。

スペインから本を輸入していた神戸の個人商の人に頼み、仏のラ・ルース辞典をモデルにしたLELLO & IRMÃO社出版のDICIONÁRIO PRÁATICO ILUSTRADO（十万語以上、挿絵六千、千三百六十四頁プラス巻末百科事典六百頁）を取り寄せ、二千数百円で、殆んど三年生全員に買わせた。先生は何パーセント、コミッションをもらうのかと聞いた学生もいた。三回目の取り寄せの時、集金した代金を私が紛失し弁償したため、以降、学生代表と輸入商間で直接交渉することに。

また夏休みの宿題として、東京のブラジル大使館から頂いた数ヶ月前のブラジルの代表的日刊紙を一人一日分（三十二～三十八頁）渡し、十の記事を選んで「いつ、どこで、誰が、何をしたか、何故」を箇条書きにして提出させた。記事の見出しは、ポルトガル語のまま提出させ、見出しと中味が違うものは、指摘して返却した。

更に、秋にはクラスを四グループに分け、以前サンパウロの書店員と相談して選んだ現代ブラジルの人気作家の小説を各グループ毎に一冊渡し、リレー式に課外で読んできて、その読んだページ数と荒筋を授業の前半の時間内に報告させた（外国語の授業に集中させるには、九十分授業は長過ぎる）。

そして年四回ボキャブラリーテスト（大学書林のポルトガル語基本用語六千から、毎回百語出題）を行ったが一回目の平均二十六点から四回目には三十八点に上がったが、期待した程の効果は感じられなかった。一人だけ男子学生で、四回のテストすべてに六十点台を取った者がいたが、別に帰国子女でもなく、本人が好きでブラジルの短い小説を何冊か読んだ由。

和文ポルトガル語訳の授業は、毎週二十の短文を暗記させ、そのうち毎回十題のテストをした。これは佐々木高政著「和文英訳の修業」の暗誦例文をモデルに、ポルトガル語の文法書からとった二—三の例文（文法事項別に、疑問文の作り方、関係代名詞、分詞構文、接続詞句、不定法、接続法等々）に、ブラジルの新聞・雑誌から私が採取した同種の例文を加えたもので、年間合計四百例文になった。

また、NHK国際放送ラジオ・ジャパンの放送済ポルトガル語版原稿のコピーを、学友古澤氏からもらい、現代日本のトピックスを、ポルトガル語で発信する教材として使わせてもらった。和文ポ訳のこの授業は、なぜか三年間で二世の留学生の非常勤講師にとって代られた。大学は授業科目名を指定するだけで、教材選びは各教員の裁量次第となっている。

視聴覚教育は、私の担当ではなかったが、米国で作られている教科書を、そのまま日本で使うやり方には疑問があった。例えば米国人がブラジルの総合病院に行った際、どの診療科に向うべきかは標識の文字を見れば殆ど分かる。内科、外科、婦人科、耳鼻咽喉科、皮ふ科、眼科等、これらのラテン語を語源とする学術用語は、ポルトガル語を習ってなくとも、欧米人なら類推できるものが多い。しかし日本語は、これら学術用語とは直接関連がないので、別途学ぶ必要がある。また一～二年向けの講読の教材は文学作品が多いので、ボキャブラリーが、日常生活から離れる傾向がある。そこで私が集めたポルトガル、ブラジルの小、中学校の社会科、理科、数学、国語の教科書十七冊から、家族、学校、都会の生活、農村の生活、動・植物、人間の体、衛生、加減乗除、農牧業、商・工業、緊急医療等々項目別に抜き出し一六五頁に圧縮し大学の費用で二百部印刷してもらった。そして、当時の客員教授ソニア・ルイテン先生（サンパウロ大学講師）に全文録音してもらい、先生の授業で、利用してもらうよう依頼した。

6. 犬を飼わないと引越さない

長男と長女がブラジルのアマゾン生れ、次女は日本生れ。次の海外勤務はポルトガルで、長男は八―九歳、長女六―七歳、次女は四―五歳の時であった。この間、日本語教育は、土曜日だけ開かれるリスボンの補習校のみ。

三人とも、リスボン郊外の農場を急改造したインターナショナル・スクールに月―金通わせた。リスボンには立派な施設の古いブリティッシュ・スクールがあるが、月謝が高くて通わせられなかった。

インターナショナル・スクールの生徒は、殆ど、急増員した米国大使館員の子弟と、日本企業の駐在員の子弟、またアフリカ諸国の外交団の子弟で、スクールバスで通っていた。上の二人は四―五ヶ月すると英語に慣れ、長女は一年後飛び級で、兄と同じクラスに入れられた。末の娘は、授業参観日に行くと、いつもカルヴァリョ先生という四十歳代の女の人に抱っこされていた。長女はザンビアの代理大使の娘チーパンダちゃんとスクールバスで隣に座りたがり、彼女が病気で何日か休むと、自宅にお見舞に行くといって帰りのスクールバスの停留所を一ヶ所間違え、ソ連大使の公邸に迷い込んでしまったことがあった。日本大使の公邸に電話があり、急いで私が引き取りに行った。アフリカ諸国の外交団は、家賃が高いので、旧英領三ヶ国で高級住宅街の豪邸一軒を共同で借り、数家族でシェアーして住んでいたので、ソ連大使の公邸と取り違えたのであろう。

私の方は、学校と日本人子弟の父兄間の連絡係に指名され、警備の海兵隊を含む米国大使館員とリスボン駐在日本人の間のソフトボールの試合をアレンジしたり、家内は在留邦人と米国大使館員合同の合唱団の指揮をとることになった。

家内の話によると（私はボリビアに単身赴任）、子供達は帰国後、すぐ日本になじみ、小学校でも、特にいじめにあうようなことはなかったそうだ。ただ、わが家の三人の子供は帰国しても、三人だけで遊んでいるのが気になった。

私はボリビアから帰国し、大阪外大に採用されることが決まったので、家族より先に、四月、枚方《ひらかた》にある公務員住宅に移った。

家族は、世田ヶ谷のマンションの一室（2LDK50平方）を売り、大阪高槻の建て売り一戸建てを買い、夏休みの終わりに引越すことにした。

大学が夏休みに入り、帰京中の私の前に、子供三人が珍らしく緊張した顔でやってきて、長男が代表して、

「大阪に行くなら犬を飼ってほしい。犬を飼わないなら、お父さんと一緒に大阪には行かない」と宣言。

「ああいいよ。犬を飼おう」というと、私が反対すると予想していたのか、

「やった！　やった！」と三人共とび上がって、ハイタッチしていた。

めでたく引越した一週間後、一家でドライブ中、大きな橋を渡り切る直前、橋のすぐ脇の低い所に、「犬」と大きく一字書かれた看板を発見。子供達が一斉に「犬、犬、犬」と叫び出した。

店の中に入ると、柵のついたベビーベッドの中に、十匹ぐらいの全部柴犬の子がウロウロ。一番大きい耳がピンと立った小犬が走り寄って、伸ばした私の手をなめた。

ほかの小犬も近寄って来たが、一匹だけ隅の方にしょんぼり座っている小犬がいる。どうしたのかと見ているとウンチをしていた。すると三人そろって、

「かわいい！」

「この犬にしよう」という。

私は耳の立った大きめの子犬が良いといったが、三人そろって「この犬！　この犬！」と合唱すると、妻が「子供達がこんなにいっているんだから、この子にしましょう」と多数決。

7. 困った犬ジンロー

生れて二ヶ月の小犬なので、陽のよく当る玄関にダンボール箱を置き、中に古い毛布と、目ざまし時計を入れて飼い始めた。目ざまし時計は母犬の心臓の音に似た音を出すと本に書いてあったので。

朝クンクン鳴くので、ダンボール箱から出すと、ピョコピョコお尻をはねながら一気にリビングに駆け込み、新築の家の新しいじゅうたんの上で、気持ち良さそうにオシッコをジャー。

引越ししたては家族全員で外出する用事があるので、ジンローを置いて行くと、居間のクッションを食いちぎり、綿をそこら中にまき散らす。

散歩につれて行こうと、引き綱をつけようとするといやがって逃走。車の通る道を右に行ったり、左に行ったりして車にひかれそうになる。

子供達がコタツに入っていると、猫でもないのに寒がってもぐり込む。私が帰ってくると、おこられるので、コタツから頭を低くして後ずさりで出る。

わが家は、男の子は一人なので、二番目の男の子として「次郎」と名付けた。お隣のユキちゃんは、自分の家では犬を飼ってないので、しょっちゅう境のフェンスの所に来て、鼻声で、「ジンロー」と呼ぶので、皆がジンローと呼ぶようになってしまった。

ジンローが、わが家に来て二ヶ月、生後四―五ヶ月たつのに、左の耳の先が折れたようにたれ下がっている。

私がジンローは血統書付で五万円もしたので、犬屋に持って行って、柴犬らしい耳のピンと立った犬と交換してもらおうというと、長女が猛烈に反撥。

「お父さんは、秀才犬が好きなんだからいやになっちゃう。耳の先がたれていて何が悪いの！」と私と口をきかなくなってしまった。

その二―三年前までは、土曜日の明るいうちに大使館から帰ってくると、遠くから見つけて駆けてきて「パパ大好き！」と、とびついてきていたので、この二年間の単身赴任中の時の経過をつくづく感じる。

妻が心配して、子供達が学校に行っている間、一人でジンローを車に乗せ、例の犬屋に持って行き、「いつ頃になったら耳が立つんですか?」と聞いたそうだ。

犬屋の主人は、アロハシャツの半そでの口から入墨がのぞいていた人だったが、「スケールの大きい犬ほど、ゆっくり成長するので、そのうち立ちますぜ」と答えたとのこと。

妻は、スケールの大きい犬だといわれて、すっかり喜び、夕食の時家族全員に報告。私はビールを飲み続けて無言。

長女は、その後こっそりジンローの耳をマッサージしたり、セロテープを耳の内側にはったりしていたが、結局十四年後に死ぬまで耳の先はたれていた。スマートな柴犬の典型とは違い、がっしりした胸、ガニ股、大きな頭の横から先がたれた耳。目はトロンとしている。

以前、コンクリート五階建ての公務員住宅に四年以上住んでいた間、週末ぐらいは自然の中で暮したいと、八ヶ岳中腹、標高千四百メートルの所にある財産区(もと村人の共有林)の一区画を借り、キャンプ場にあるようなプレハブ小屋を建てた。夏は平地より気温が七―八度は低く、冷房機はいらない。

夏休み中、妻と子供はここで過し、私は土曜の午後、新宿駅から中央線で二時間半かけて富士見駅まで行き、七キロ半の道を車で迎えに来てもらう。月曜日の朝暗いうち、車で駅まで送ってもらい、始発の電車で出勤していた。

ジンローは七月末、家族そろって車で山の小屋に向う途中、運転席の前のクーラーをふさぐように座り込み、涼しい風を独占。山が近づいて、野原や唐松のにおいがし始めると、こうふんして、車の中でガサゴソし出し、運転の邪魔になる。柴犬の先祖は、狩猟犬だったそうで、車のドアを開けるや否や脱走して、野兎や鹿のにおいをかぎまくる。

ある日、このあたりの共有林を管理する人が、ものすごい剣幕で、どなり込んできた。ジンローが管理人さんの飼っている三羽のチャボ鶏を襲い、鶏は木に飛び上がって一命をとりとめたが、羽根をむしられ、こわがってまだ高い所から降りてこないという。なんでも県の品評会にも出した数万円はする鶏だそうだ。私は平謝りするしかなかった。

8. ジンローに花嫁が来た

秋になった日曜日、近くのデパートの屋上で犬の展示・即売会が行われ、子供達が妻につれられて見に行った。いろいろ珍しい種類の犬、価格の高い犬も売られていたそうだ。

展示会では、入場者の中から一名抽選で当った人に、小犬をプレゼントするので、アンケート用紙に、希望する犬の種類を書いて抽選箱に入れておく催しがあった。長女が「柴犬ジンローに、花嫁さんの柴犬のメスを下さい！」と書いて抽選箱に入れておいたそうだ。

一ヶ月ぐらいたった頃、デパートから電話があり、なんと長女が当選したとのこと。今まで、妻も私も懸賞に当ったことなど一度もなかったので、びっくり。

ドッグショウの他の入場者は、多分珍しい高価な小犬をほしがったのであろうが、主催者は、最初からメスの柴犬を贈るつもりだったのではないか。それにしても三日間で千人以上の入場者があったらしいから、その中で一人だけ当てたのは、たいしたものだと長女にいっておいた。

やって来た花嫁さんは、典型的な柴犬のやせた小さな犬で、耳は最初から前に向ってピンと立っており、新しい家に来て、少しおびえている様子だった。

嫁入りして何日かは、慣れるまで二頭を離しておこうと私がいうと、長女は「私が当てた犬だから私が決める」という。

最初に二頭を会わせた時、ジンローは体の小さな相手なのに、後ずさりして、当惑している様子だった。

長女は、何日か抱っこして寝ていたが、花嫁を「ハナ」と名付けた。

昼間、ジンローと一緒にしてみると、ジンローは、意外にやさしい目つきで、花嫁さんを、かばっている様子だった。

ジンローとハナは、仲が良いのか、それほどでもないのか分からない。

ジンローは、おいしい餌をやると、自分の分を食べきったあと、ハナを押しのけ、ハナの分まで食べてしまう。ハナはキャンとうらめしそうに一声鳴くだけ。

ハナは散歩に行く時、ジンローがうれしくて飛び上がり中々引き綱をつけさせず、手間どっていると、ジンローにほえかかり、一度はジンローの胸毛をかじって、むしり取ったこともあった。

それでもハナは翌年から、毎年二頭ずつ、九年間子犬を生み続けたが十年目は一頭生んだだけだった。十年間で合計十九頭。

十九頭は、妻が小さくて、かわゆいうちに、差し上げたいといって、皆生れて二―三ヶ月のうちに、わが家からいなくなった。ジンローもハナも血統書が付いていたので、もらわれて行く先はすぐに決まった。但し子犬には費用がかかるので、血統書はついてない。

生れてきた子犬達は、ジンローに似てくるのか、対照的な体型のハナに似てくるのか分からなかったが、朝ダンボール箱からとび出して、オシッコをするため、小さく巻き上がった尻尾のお尻をピョコタンさせながら、リビングのじゅうたんに駆け込む姿はジンロー似だった。

ハナは十九頭産むと、力つきたのか死んでしまった。普段、脱走したことがなかったハナが脱走し、私が探しに行くと、近くの橋の下にうずくまっていたので、抱っこして家に帰ると、また脱走し、二回目に抱っこして帰ると、その一時間後に死んだ。象の墓のように死期を予知して、橋の下にかくれたのかも知れない。

ジンローも、ハナの死んだ約一年後に死んだ。

妻も子供三人とも、ハナやジンローの死には立ち合えなかった。

というのは、その数年前から、妻が「エホバの証人」になり、頻繁に子供をつれて集会に出かけたり、パンフレットを配り歩いたりしていたからである。

ジンローとハナ、それから十九頭の子犬達は約十年間、わが家の話題の中心となり、笑顔で家族を結びつけた。

9．卒業論文

教職一年目は、無我夢中で過した。

世渡り下手と自覚していたので、廊下ですれちがう教職員と思われる人には、誰彼となく先に頭を下げていたら、大学の保健センターの医博から「過剰適応だよ」といわれたほどだった。そのためか、二年目には欠席裁判で教職員組合の副委員長に指名されたと聞き、これは〝踏絵〟かと驚き、馳せ参じると、皆好意的な人達で、教職員の異動歓迎会や、春・秋のリクリエーションのお手伝いなど、楽しくできた。もともと私はマージャン、囲碁、将棋はできず、家庭を持ってからは同僚と飲みに行くことも少なくなったので、職員組合で、他の学科の先生方、事務局の人達と知り合いになれたことは良かった。

二年目は、学生達が、初めて卒業論文を書き、就職活動をする年に当る。大阪外大は、内部規則で卒業論文は必修で（単位を多くとることで代替できない）、しかも原則として専攻語で書くという高い目標を掲げていた。専攻語で書くということは、言葉の問題だけではなく、新設語科の場合、図書館に必要な参考文献がそろっていないという問題があった。

最初、スペイン語科の卒業生で、ブラジル駐在から帰国したばかりの宇野氏から七―八十冊のブラジル経済に関する原書、現代小説の寄贈を受けた。

そこで、長年外務省の中南米課でブラジルを担当していた和田規矩男氏に、打診して（私は同氏の助手を入省直後四年間していた）、退官後、同氏の蔵書を寄贈してもらうことになった。ブラジルの社会問題、政治評論、地誌、近代小説等、二トントラック一台分の寄贈を逝去直後頂いたが、外大の図書収書・分類するまで一年ぐらいはかかりそうなので、第一回目の卒業生には、間に合わなかった。

とりあえず、第一回目の卒業予定者には、卒論のテーマとなる具体的な疑問文をつくる。その疑問文に関連しそうなテーマの原書を、最低三冊読む（各パラグラフの第一センテンスだけでも）。その原書の論点を、原文のままで良いから引用し、最後に自分の結論、あるいは感想だけでも、ポルトガル語で書いてみる。論文の最後には、引用した原書のタイトル、著者名、出版社、出版年を必ず書くとした。

また、三年生のゼミでは卒論のテーマを見つける準備として、ブラジルの中・高生の社会科の教科書で、ブラジルのストリートチルドレン、スラム、アマゾンの山焼き、都市犯罪、教育制度など約二十のテーマを取り上げたものを講読の教材に使った。

ブラジル・ポルトガル学科の新設に際しては、スペイン語学科の主任教授が、卒業生を通じて、あらかじめ、ブラジルの大学中、最も評価の高いサンパウロ大学（ＵＳＰ）新聞・マスメディア学科の教授又は助教授一名を、二―三年の任期で、客員教授として招へいする手配ができており、その一代目が、私が採用された時と同時に着任したので、卒業論文の審査にも加わって頂いた。学生が苦労して、ポルトガル語で書き上げたものなので、ブラジルの最高学府の先生がどう評価するか、学生も知りたいだろうと思ったからである。また客員教授も、ただ学生に会話を教えるだけでは、もの足りないと思ったので……。

卒論の口頭試問では、客員教授の質問に、ポ語で応答できたのは、十四名中、三〜四名であとは、私が通訳せざるを得なかったが、ほかの先生達からは、背伸びし過ぎではといわれた。

ブラジル・ポルトガル語学科が新設された際はスペイン語学科の先生方が、文部省との折衝や、必要書類の作成などで尽力されたそうで、その後も時々、我々に要望が出された。スペイン留学中、ポルトガルにも一年留学した中南米の植民地時代の歴史を研究した若い人を新設学科の常勤講師として採用することになり、本人から希望があったので、外務省の専門調査員として、私が仲介・推薦することになった。リオの日本総領事館に派遣されたが、到着後二―三ヶ月たっても、何の音沙汰もない。スペイン語学科の若い三人の先生が、入れ代り立ち代り外務省の専門調査員とは、どういう仕事をするのか、彼は元気か、何か知らせはないかと問い質しにやって来た。私の所には、総領事館から無事着任したという知らせがあっただけで、本人からは、何の便りもない。外務省の専門調査員は、通常、週一回本省宛送り出す外交行のうに入れるため、現地の代表的日刊紙の注目すべき社説を二―三要約するぐらいがルーティンで、また日本からの国会議員などの空港での通関・出迎えも、他の館員同様することがある、と説明しておいた。

二年後に帰国すると、私の研究室にやって来て、「あなたに推薦されなくても、外務省の専門調査員になろうと思えばなれた」とのこと。本人を外務省に書面で推選した時、それまで学会等で発表したり書いた論文の要旨など書くべきものがなかったので困ったことを思い出した。

10. 学会での発表、著作等

私のほうは、一九八一年四月に採用されたあと、研究者として毎年一篇の論文ないし学会発表をする目標を立てた。

—一九八二年「ポルトガル革命とアフリカ領植民地の独立」

—一九八五年「一九七四年クーデター後」いずれも大阪外大学報（紀要No55、No73）

—一九八六年「ブラジルの太平洋地域に対する関心—アジアポート構想」

—一九八七年「ブラジルの農地改革とサルネイ政権」

—一九八八年「セラード農業開発プロジェクトとカトリック教会」

—一九八九年「ブラジル連邦議会に於ける累積対外債務の討議」

—一九九二年「ブラジルの環境問題、アマゾンの熱帯雨林」

いずれもラテンアメリカ政経学会No20、21、25周年、No26
ラテン・アメリカ政経学会における発表は、毎年国会図書館に送付されてくる「ブラジル連邦議会議事録（電話帳のように厚い）」を、主として情報源としている。

この学会では、毎年のように報告したためか、学会の昼休み直後に、私の発表順が組み込まれており、役員会などで午後の部が三十分位遅れると、私に割り当てられた発表時間だけが、半分に削られることが続いたので、それ以降、この学会での発表はやめにした。

一九九一年に、大学改革の始まりとして、研究領域がブラジルを対象とする研究と、ポルトガル及び旧ポルトガル植民地のアンゴラ、モザンビークを対象とする研究領域に、大西洋を境として（？）分けられ、私はポルトガル側を受け持つことになった。そこで、松田毅一監修「イエズス会日本報告集」同朋舎出版の第七巻（二六八頁）を全訳をした上、

―一九九三年「鉄砲伝来の異説について」
　米国ポルトガル語圏学会、於ロスアンジェルスＵＣＬＡ。
　発表のあとクルベンチャン財団よりポルトガル往復航空券を頂く。

―一九九四年「16世紀日本におけるイエズス会学校制度と布教」国際交流基金派遣。
　新リスボン大学（ザビエル対日布教記念国際学会）

このほか、一九九三年田所清克監修「郷愁のポルトガル」泰流社出版の中の「ポルトガルの歴史に関する七章」。一九九七年大阪外国語大学研究双書「ポルトガルの歴

郵便はがき

料金受取人払郵便

新宿局承認

7552

差出有効期間
2024年1月
31日まで
(切手不要)

160-8791

141

東京都新宿区新宿1－10－1

(株)文芸社

愛読者カード係 行

ふりがな お名前				明治　大正 昭和　平成	年生　歳
ふりがな ご住所	□□□-□□□□			性別 男・女	
お電話 番　号	(書籍ご注文の際に必要です)	ご職業			
E-mail					
ご購読雑誌(複数可)			ご購読新聞 新聞		

最近読んでおもしろかった本や今後、とりあげてほしいテーマをお教えください。

ご自分の研究成果や経験、お考え等を出版してみたいというお気持ちはありますか。

ある　　ない　　内容・テーマ(　　　　　)

現在完成した作品をお持ちですか。

ある　　ない　　ジャンル・原稿量(　　　　　)

書　名				
お買上 書　店	都道 府県　　　市区 郡	書店名	書店	
		ご購入日	年　月　日	

本書をどこでお知りになりましたか?

1.書店店頭　2.知人にすすめられて　3.インターネット(サイト名　　　)

4.DMハガキ　5.広告、記事を見て(新聞、雑誌名　　　)

上の質問に関連して、ご購入の決め手となったのは?

1.タイトル　2.著者　3.内容　4.カバーデザイン　5.帯

その他ご自由にお書きください。

(　　　)

本書についてのご意見、ご感想をお聞かせください。

①内容について

②カバー、タイトル、帯について

弊社Webサイトからもご意見、ご感想をお寄せいただけます。

ご協力ありがとうございました。

※お寄せいただいたご意見、ご感想は新聞広告等で匿名にて使わせていただくことがあります。

※お客様の個人情報は、小社からの連絡のみに使用します。社外に提供することは一切ありません。

史に残った女性像」など執筆出版された。

なお、ブラジル・ポルトガル語学科創立十周年記念と題して、卒業生の卒論のタイトルを付した名簿と先生方の論文集を、学内出版物として、一九九〇年発行したが、その中で私は「軍民関係から見たブラジル現代史」と題する論文も書いた。

11. 学生の就職

第一回目の卒業生が出る一九八二—八三年は、第二次石油ショックを経て、世界的に低経済成長の時期だった。

卒業予定者は、一年生から二年生に進級する際、男子学生が七名留年したため、女子が七名、男子は五名だった。男子のほうは、一—二名を除き、問題なく就職先が内定したが、女子は苦戦している様子だった。

そこでブラジルに進出している大阪の企業約二十社を訪問し、ポルトガル語学科主任として大阪外大に、ブラジル・ポルトガル学科が新設され、最初の卒業生が出る年なので、女子学生を是非採用してほしいと頼んで歩いた。

企業の人事担当者は、ブラジル・ポルトガル専攻の学生を採用するのは、将来ブラジルに派遣する可能性も考慮して選考するので、女子の場合、派遣先の治安や公衆衛生を考えると難しいという反応で、成果はあげられなかった。また、スペイン語の学科主任からは「余計なことはするな（マ・マ）」といわれた。

そこで三年生を含め女子学生には、他の大学の女子学生と同等以上の英語力を身につければ、プラスアルファでポルトガル語もできるという優位性を生かせると、元気付けようと試みた。とりあえず、毎週二回ぐらい、駅のスタンドで英字新聞を買い、通学の途中で隅から隅まで読んでみる。自宅配達で定期講読をすると積んどく《つ読》になるので。一度読んだ新聞は捨てる覚悟だと、何か印象的な用語などが記憶に残る。また客員教授が暇そうにしていたら、英字新聞の記事をポルトガル語にしてもらったらどうか、などといってみた。

当時、多くの銀行とメーカーが、競ってブラジルに支店を開設し出したので、日本にいても、ポルトガル語の資料を翻訳する必要が出始めていた。

第一回目の女子の卒業生達は、しっかりした現実的な学生が多く、ルックスも悪くないので、皆就職することができた。

私の学生時代、同級生に女子はいなく、一年から四年まで合計六―七十名の学生のうち、女子はわずか四名だった。

二回目、三回目の女子卒業予定者になると、男子学生に負けず、海外の駐在員として活躍したいと相談に来る子が増えてきた。

個人的事情で、気は進まなかったが外務省の専門職試験やＪＩＣＡ、あるいは数は少ないが新聞社でも、女性の特派員を派遣し始めたようなので、受験してみたらと勧めてみた。

また、最近、某銀行がサンパウロに女性行員を初めて派遣したと聞いたので、誰かトライしてみたらと勧めたことがあった。

女子学生が一人受験したが、ダメだったと暗い表情で研究室に訪ねてきて、「うちは母子家庭なので、銀行は採用しないのですかね」という。「毎日、現金を扱う金融機関は、事故が起きた場合、行員の家に担保となるような自宅とか土地があるか否か調べるというから、母子家庭は不利かも知れない。まあ銀行員でも、女子はやぼくさい制服を着せられ、その日の出・入金が百円でも合わないと残業させられるので、採用されなくて良かったよ」と背中をたたいてやった。「先生は、まったく調子がいいんだから」といわれた。

毎年一人か二人、何というか、なついてくる女子学生がいたが、調べてみると、母子家庭の子だったり、父が家にいなかったりする学生だった。年齢も二十歳以上うえだし、イケ面でもない私を父親の代りの危険性のない存在と思ってくれているのであろう。「先生は流氷に乗ってやって来る白熊みたい」といわれたので、「わしは台湾生れだぞ！　まあ身長と体重には、ちょっと自信があるので、白熊でもいいか」ということになった。

ただ、大学改革については、在校生には、何も伝えてなかったが、私が孤立感（流氷に乗ったような）をただよわせているのかとも思った。

毎年三月になると、これらの子達は、皆、喜々として卒業して行く、私のほうは娘が嫁に行ってしまったような、ちょっと失恋したような淋しい季節となる。

12. エホバの証人となった家族

ブラジルのベレーン在勤中、妻は英語の個人レッスンを受けていた米国人女性から、エホバの証人のパンフレットを受け取っていたが、帰国して同じ公務員住宅に住む奥様と、聖書研究を始め、エホバの証人になった。

エホバの証人については、日本では「輸血拒否」で話題になったぐらいだが、発生の地米国では一二四万人の信者、ブラジル、メキシコでは約九十万、イタリア二十五万、ドイツ十六万、日本では二十一万、韓国十万など、世界全体で現在八百六十九万人の信者を持つといわれている。

起源は、一八七九年米国ピッツバーグで、紳士服のチェーンストアーを経営するC・T・ラッセルが数人の友人と始めた聖書研究会までさかのぼる。ヘブライ語旧約聖書には七千回以上、ギリシャ語新約聖書には、二百数十回登場する唯一の創造神YHWH（母音を表記しないので、ヤハウエ又はエホバと発音される）の固有の名前が、四世紀頃から「主」とか「神」とかの普通名詞に書き換えられたのを原文に忠実にもどすという主張から、「エホバの証人」という名称を採用したいわゆる〝キリスト教聖書原理主義〟セクトに分類されるようだ。

聖書の最後に出てくる「ヨハネの啓示（又は黙示録）」を重視し、人間は戦争、殺りくを何千年と繰り返して来たことから、人間が人間を統治することはできない。ハルマゲドンの戦いを経て、臨在しているイエスが最後の審判を下し、すべての邪悪な者を取り除いた後、十四万四千人の信仰の人達と共に、天から統治して、以降千年の平和をもたらすという黙示録の啓示を強調。カトリックの三位一体論とか、科学的進化論を否定。実際の活動としては、聖書研究のための集会、パンフレット配布が中心で、外部に対しては、政治不参加、兵役拒否を貫いている。現在の世は、邪悪なものが支配しているが、たとえこれを革命などで転覆させても、人間が人間を統治する悪循環を繰り返すだけで、やはりイエスの臨在を待たねばならない。

エホバの証人の特色は、イエスの臨在、最後の審判の時がいつ来るかについて、聖書では「どろぼうのように早足で来るが、その時期は誰にも分からない」(マタイ二十四章)とあるのに対し、ダニエルの七つの時(七つの世界強国の時代)などから計算して、既に一九一四年には、イエスの臨在が始まったと主張する。

エホバの証人の毎週二回の集会を、私も年一~二回傍聴してきたが、百名前後の人達が信者から借りた土地に建てたプレハブの小学校の教室風の建物の中で、聖書の解釈について、二時間程熱心に質疑応答を繰り返していた。女性が七割ぐらいで、年輩の人が多い。年輩の女性が活発に発言しているのを見て、女性の自己実現・表現の機会が少ないのを埋めているのかと思った。三つの会衆がひとつの会館を使っている由。

他の教会のように寄付をつのる箱も廻って来ず、部屋の隅の所に寄付箱があり、私が傍聴した時は、一ヶ月で二十万九千円の献金があったとの報告があった。百人の会衆で割ると一人平均月二千円位か？　他の宗教組織のような、専従の指導者はアジア支部（ものみの塔というパンフレットを数十ヶ国語に翻訳、印刷している）と、巡回監督ぐらいで、各地の会衆の長老達は、それぞれ職業を持って自活している。比較的時間の自由がきく植木職、ペンキ塗装、配送業など。近くの自動車製造の大企業を退職したI．T．業の人もいる。

聖書の終末論・復活を受け入れられない私は、家内が子供をつれてパンフレットを配布したり、集会に参加するのに反対し、家内の前で、子供達に「お母さんについていかなくてもいいいんだよ」と何回も言ってみたが効果なく、カルガモの親子のように三人とも親鳥について行ってしまう。

信仰心は、母親からの遺伝で引きつがれるという説もある。

13．妻の信仰、年輪のない夫

高校、大学の友人達からは、どうして妻が信仰の道に入ったのか、私が他所に女性をつくったのか、暴力を振るったことはないかなどと尋ねられた。

学校の先生をしている関係上、不倫とか、全く憶えはないし、妻をたたいたことは一度もない。

外務省入省の四年後、ついにアマゾン勤務に押し出される辞令が出たあと、叔父から近所の娘さんを紹介され、二週間のあいだに三回会って結婚を決めた。その時彼女は東京芸大の声楽科を卒業した一年後だったし、以前文化放送の全国学生音楽コンクールで一位になったり、NHKのラジオ放送番組「歌の本」のレギュラーを二年間務めたりしたと聞いていたので、今後声楽の専門家として専念するつもりはないのか尋ねたところ、

「声楽は、母の強いあと押しでやって来たが、芸大に入って、まわりに才能豊かな人達を見ると、生涯をかけて専念する勇気はない。今は海外で暮すことが夢です」とのこと。

「アマゾンでも良いのですか?」と聞くと、

「ずっとアマゾンに居続けるんではないでしょう」

「まあ、二—三年ぐらいかな」という調子だった。

私が一番ひかれた点は、話し声が柔らかい、包み込まれるようなアルトで、ギスギスした自己主張もなく、一日中聞いていてもあきない感じがしたのである。上級生の推薦

で、芸大の女子寮の委員長もしたことがあるとのことで円満な常識人で努力家に見えた。

ただ二回目に電話した時、肉声と違って、低く暗い声に聞こえたので、もう一回会って肉声を確かめたことがあった。

エホバの証人の活動に益々身を入れて行くので、「僕が、あなたを悲しい目にあわせたことがあったか？」と聞くと、

「祖父は満州鉄道のトンネル技師で、父も満鉄の鉄道員だった。終戦直後、今は北朝鮮の羅新《らじん》から引揚げて来る途中、ソ連空軍の機銃掃射を受けて逃げまどっていた最中、弟は死亡、私は祖母に背負われて助かったが、まわりの人は何故死んだ子をおぶっているのかというほどの栄養失調になり、小学校に入るまで、言語障害が残り、母のことをワンワンちゃんと呼んでいた。音楽に出会い楽しく、学校や友達の家のピアノを弾きまくっていて、六年生の時は虫歯ゼロの健康優良児になった。

美容院を自宅で開業した母が、自分の夢を私に託し、つてを辿って有名な先生を探し、日本歌曲の大家、四家文子先生の弟子にしてもらえたが、四家先生は、私の歌が気に入らないと『このバカ！』といって伴奏していた歌曲の本を顔に投げつけるので、

おそろしく、何回も歌をやめて死のうと思ったこともある」とのこと。
「今でも、テレビをつければ、世界のどこかで戦争があり、人が殺されている。やはり、人間が人間を統治することはできない。人間をつくった唯一の創造主と、人間のために命を捧げたイエスが、十四万四千人の信仰の人と共に統治しなければ、平和は来ない」。（「ヨハネの啓示」にだけ十四万四千人とかハルマゲドンという表現が出てくる）。

「あなたは、冬のない台湾生れで、自己謙悪に陥ったこともなさそうで、年輪のない木みたいな人ね」といわれてしまった。

「僕の父は小学生の時その父（祖父）が死んで、苦学して伯父のすすめで司法試験に通ったが、苦労した割に現実離れした人だった。いつも何か空想していて、手帳に自作の短歌など書き留めていた。一度銭湯につれられて行って、洗場の父の右側に座ったが、父は間違えて左側の見知らぬ子の足をつかまえて、〝もう少し普段からきれいにしておかないと水虫になるぞ〟といって洗ってやっていた。すぐ上の姉のお見合いについて行って、電車の中で母に〝ほら見てごらん、あそこに里子そっくりの娘さんがいるぞ〃と大きな声を上げ、母は〃あれは里子ですよ〃とたしなめたことがあったそうだ。

三十四歳で結婚して、女の子ばかり三人生れたあとの初めての男の子だった私を特別可愛いがった。台北の裁判官をしていた伯父にさそわれ台南で弁護士をしていた頃、四―五歳の頃からよく一緒に人力車に乗せてもらって裁判所や、訴訟を依頼した地方の大地主の邸宅に行ったことがある。中から纏足《てんそく》の奥方が、支えられて出てきたのを憶えている。

また、十七世紀の大砲の砲身がゴロゴロころがっているオランダ人のゼーランダ城跡や、円形の外側の城壁だけが残って、中が、がらんどうの中国式の城跡にも行った。代りに母は、末っ子の弟を溺愛していた。

父は小柄だが、おしゃれな人で、白い麻の仕立ての背広の上下に、パナマ・ハット、家の中でもよくネクタイをしていた。家の階下には、いつも四―五人の台湾人の書記の人達が居り、これらの人達が、固定給プラス歩合給で、台湾の地主達の相続争いや、手形小切手関連の事件を引き受けてくるので、現実離れした父でも経済的に豊かに暮せることができた。五十歳になった記念に、中国大陸を二ヶ月も旅行したりしていた。

戦況が危くなって来て、最後の民間船で、家族七人全員引き揚げるつもりが、二つの船に分けられて、やっと帰国することができた。

一ドル二円だった時代に台湾銀行にあった預金は封鎖され、一ドル三百六十円になってから、引き出すことができた。

〝年輪のない人〟というが、帰国した私は小学生のあいだ中、お腹をすかしており、群馬県に疎開していじめにあったり、人並みの年輪はあるつもりだが、もともと自分と他人を比較することが少ないので、自己謙悪に陥ったことは殆どない。

父は無口な人で、晩酌で日本酒が二合入っている時に質問すると、戦後は日本で、長い間裁判官をやっていたが、一番楽しかったのは、戦前、小学校の代用教員をやっていた頃で、台湾では拝金主義の人間ばかりに囲まれ、地裁の裁判官時代は、一度だけ死刑を宣告したことがあるのを、記憶から消したいといっていた。

私が大学の先生になった時、一番喜んだのは父で、珍しく昼間から酒を飲み、饒舌になったと母がいっていた。

私にも父の遺伝子が色濃く残っているのではないか？」

子供も大きくなり、独立して行くにつれ、夫婦で向き合う時間が増え、妻の「聖書を勉強して、勉強した上で信んじられないなら、しょうがないから」という訴えを、毎日聞く日々が続いた。

毎朝十五分から三十分かけて、聖書の一章を、十節ずつ交互に音読することになった。日本にキリスト教を持ち込んだのは、ポルトガル人の宣教師が多数派を占めるイエズス会だったので、学生時代からモーセ五章、四福音書、使徒行伝、パウロの手紙等は既に読んでいた。が、エホバの証人達が重視するヨハネの啓示（黙示録）は、訳の分からない預言書として敬遠していた。それまで、聖書のうち、歴史書と分類されている部分（出エジプト記、列王記……）には関心を引かれたが、預言書のたぐい、つまり神から預った言葉や幻想の部分は、とばし読みしていた。

三年半かかって、妻と交互に音読する聖書通読は終ったが、大預言書、小預言書に、くり返し現れる終末論には、なじめなかった。

唯一の創造主、死者の復活（イエスが復活させたラザロでもその後永遠に生きた訳ではない）、最後の審判のあたりが、信んじられなかった。

妻は、「唯一の創造主さえ信んじられれば、ストンと聖書全体が腑に落ちるのよ」とのこと。エホバの証人の人達は、進化論の進化途中の化石が出土されてないこと、自然の法則といわれるものが、最初からかくも完璧にでき上っているのは、唯一の創造主がいる証拠だと主張する。

その後二回、七年近くかけて聖書通読をくり返したが、信仰心のない私には、壮大な虚構を支える聖典のように思われた。

夜空の星などを眺めていると、人間を超えた大きな存在を想像することはあるが、その大きな存在が固有の名前を持ったり、特定の民族を罰したりすることはあるまいと思う。

14. 大学改革、大学改革？ 改革？

一九八一年教職に転じて、最初の十年間は楽しく、やり甲斐のある仕事だった。人なつこい学生達に恵まれ、それまでの中央官庁の大部屋で、後ろから課長に監視されているような生活から、研究室で一人自由に本を読める研究者として過せたからである。また、大学からは授業の科目名を指定されるだけで、教材は自分で選んで、コピーをとった。

同僚の教職員の人達との関係も、それぞれがお山の大将で、あまり干渉されずに済んでいた。

一方、大学の外では、大きな変化が近づいていた。

私達が大学に入学した一九五六年頃は、高校生の大学進学率は８％前後だったのが、一九六〇年〜七四年間の高度経済成長時代を経て40％を越え、一九九二年には、親が団塊の世代の子供達が十八歳になり、史上最大の二百五万人に達するといわれていた。大学の教員数も一万数千人から十六万近くにふくれ上り、私もその一人として、転職できた訳である。

中曽根内閣の〝戦後政治の総決算〟と称する国鉄（ＪＲ）、電々公社（ＮＴＴ）の民営化ほど、一般の関心は引かなかったが、一九八七年には、大学審議会が設立され、戦後の教育を根本的に見直すというかけ声の下、十四年間に二十八の答申が出る結果になった。一九四九年に、全国的に設立された新制大学が〝制度疲労〟を起こしているという主張がまかり通り、個性的な大学づくり＝高度化、個性化、活性化が叫ばれた。

日本のＧＤＰに対する高等教育費の割合は、ＯＥＣＤ加盟国の平均１％に対し、半分の０・５％なのに、予算を増やさずに、制度さえ変えれば、なんとかなるという政府寄りの答申に見えた。例えば、実務経験者の教職転用を促進するといっても、民間から教職に転職すれば、収入が２／３程度になるのである。

一番大きな変化は、戦後一般教養科目として、人文系、社会系、自然科学系の三系列の科目の中からをそれぞれ三科目ずつ履修する義務付けがはずされ、総単位数さえ足りれば良くなり、多くの大学で、一般教養科目を減らし、専門科目を増やす傾向が顕著になってきた。

私個人としては、大学生時代、比較宗教学の増谷先生、近代経済学の伊東先生、倫理学の串田孫一先生などに啓発され、戦後のリベラル・アーツ（教養科目）教育の恩恵を受けたと思っている。

旧大阪外国語大学の場合、教員の約3分の1の一般教養の先生方が、将来に不安を感じたのであろう、自分達の学科をつくることを計画。従来の四年間外国語を専攻する学科のほかに、入学定員の約三分の一をさいて新しい学科をつくり、外国語の履修は外国人教師の会話を除き前期の二年間（副専攻）だけで、後期の二年間は国際文化学科と称する新しい学科で情報、比較文化、国際関係、開発環境各コースを主専攻とする学科をつくることを提案した。

中・高校でも履修してきた英語や、一部の高校で履修可能なフランス語、ドイツ語の場合は、あるいは二年間で、新聞を読む程度の外国語力は獲得できるかも知れないが、外大に入ってから初めて学ぶ外国語、特にアラビア語のように文字がちがう外国語の場合、二年間は短か過ぎる。文字がアルファベットのポルトガル語でさえ前出のとおり、ポ・ポ辞典を使うには、最低四―五千の基本用語を習得した上で、更に、三年生からは、ポ・ポ辞典を使いこなす必要がある。

外務省で、ブラジルから来た政府要人に随行して、日本企業を訪問した際、企業の通訳の多くは自分の知らない単語が出てくると、やさしい単語でいいかえる（パラフレイズ）ことができずに行き詰ってしまう。これは普段からポ・ポ辞典を使っていないためであろう。そこで、教授会で中途半端な専門家の卵を養成するこの案に反対したが、不安を抱える一般教養の先生方には、私は改革案の敵役《かたき》に見えたのであろう。周辺の冷たい視線を感ずるようになった。

もと官立の専門学校から、戦後新制大学になった大学は、研究に重点を置くより、むしろ高度の職業人を養成すべきであるという教育社会学者達の主張もあったのである。

また、各大学の個性化を推奨する大学審議会の答申と、はずれるのではないか？

更に、旧大阪外国語大学には、国立大学では珍しい、英・仏・西・中国・露の夜間部があり、差別的に聞こえる夜間部の名称を廃し、昼夜の別なく単位がとれるようにする改革案が最初出されてきた。教員の採用も、従来昼間と夜間で区別していた学科もあれば、昼・夜で、教員が交代する学科もあり夜間部の名称廃止には賛成できた。

また、圧倒的多数の女子学生が、専攻語のほかに、英語の教員免許取得のためもあって第二外国語として英語を履修するので、英語の先生方の数が多かったのである。

そこで、次に大西洋を境に、米国とカナダを含む北米地域研究の先生方と、英国、オーストラリア、ニュージーランドを対象とする教員を分ける改革案が出されてきた。

この案は、教員数の一番多い英語科を二つに割って、改革賛成派を過半数にしようとする多数派工作に見えた。

というのもこれは新たにつくろうとしている、二年間だけ専攻語を履修する国際文化学科のコースの学生のためというより、従来の四年間専攻語を履修する科の教員組織についての改革案であった。

スペイン語学科も、スペイン本国と、大西洋で分けて中南米のスペイン語諸国を対象とする学科に分けることが可能だった（スペイン語には夜間部が以前からあったため教員数が多かった）。

ところが、ポルトガル語の場合、ひとつのコースには、最低三名の教員が必要との規則があるため、五名の現有教員を、大西洋で二つに分けて一方はブラジル専攻、他方はポルトガル・旧ポルトガル領のアフリカ諸国（アンゴラ、モザンビーク、ギアナビサオ、カーボヴェルデ、サントメイプリンシペ)、近くはマカオ、東チモール地域研究に分けることができない。もともとブラジル・ポルトガル学科新設の際、六名の定員がついたが、教官公募の際応募者がいなかった年もあって、一名の定員を他の学科に貸し出した形になっていた。

以前からポルトガル語を専攻する学科を持っていた東京外語(一九一九年以降)、上智大(一九六四年)、京都外語(一九六七年)に対し、後発の大阪外語(一九七九年)は、研究・教育対象地域を、前記の旧ポルトガル領アフリカ五ヶ国、大航海時代の歴史・キリスト教文明の拡散の見地から、マカオ、東チモール、日本におけるキリスト教布教史にまで広げようと、一度貸した教官定員を、返してほしいと申し出たが、大学改革の最中で、どの学科から取り返せるか不明になってしまった。

その最中、大西洋で研究地域、教官組織を二分しようという改革案である。

学園紛争後の教授会の現代的な形＝助教授・常勤講師も含めた百二十人位の大集会で色々な改革案が討議され、それまで殆ど発言しなかった私も、ポルトガル語学科に定員一名を返してくれない限り、研究地域・教員組織を大西洋で二分するのは言語・歴史・文化のつながりから大反対であると発言。改革を遅らす反動勢力として、百名位の教員の反感をかってしまった。特に多数派の英語科教員の中には、北アメリカ研究学科新設の理由として、米州機構（ＯＡＳ）が、北米と南米をつなぐ巨大市場の基礎となるような発言をしたので、ＯＡＳなど、ロータリー・クラブ程の影響力もないと私が失言してしまったこともあった。

廊下をすれ違う時、私がおじぎをしても無視されたことが多くなった。以前、教職員組合の執行部で毎月のように会っていた人から、「先生のおひざもとのポルトガル語の先生方も改革派に加わるようですよ」と忠告された。

ちょうどその頃、独立後内戦が続いたモザンビークで一九九四年初めての総選挙があり、総理府の平和協力部隊本部が「モザンビーク選挙法」を翻訳させたところ、意味が分からないと翻訳し直すよう翻訳仲介会社を通じ、私に依頼が来た。

この翻訳は「投票所」と訳すべきところを〝選挙集会（演説会?）〟と訳したり、「投票用紙」と訳すべきところを〝選挙広報〟と誤訳し、〝選挙集会（演説会?）に行ったら、選挙広報を二つに折って投票箱に入れる〟式の翻訳が何ヶ所もあった。おかしかったのは〝選挙集会は文化大臣の家から最低五百メートル以上離れた所に置かねばならない〟という珍訳で、正解は、「投票所は、オカルトの主祭者の家から五百メートル以上……」とすべきであった。文盲が多い国の投票用紙の形（パスポート大の紙片が二つに折ってある内側に、立候補者のリストの脇に、文盲のため政党を区別できるライオンや象のアイコンが印刷してあり、そこに投票者は、指紋を押す）を知らず、投票用紙を選挙広報（ポ語の Boletim は、英語の Bulletin より広い意味がある）と訳したのであろう。また呪術師の農村地帯での影響力など現地の事情を知らない人が訳すと、こういう結果になる。外部の人から見れば、大阪外大で、ポルトガル語を副専攻で学んだと聞けば、この程度のものかと、四年間専攻で学んだ学生といっしょくたにされる。

これがきっかけで、国連のモザンビーク選挙監視団に応募し、現地で二週間程、選挙運動、投票を監視するボランティア活動に参加した。

また、東チモールの独立運動に関する日本の新聞各紙の報道も、隔靴掻痒の感があった。

大阪外大での勤務が十九年にわたり、サバティカル賜暇に当ったが、昔、外務省で在外勤務が多かったという理由でバイパスされた。

やむを得ず、私費でロンドン大学ＳＯＡＳ（東洋アフリカ研究）大学院に留学し修士を取得して大阪外大を定年まで二年残して辞めた。

近畿大学文芸学部国際文化学科（東・西交渉史）に拾ってもらい、その後五年働き続けることができた。

近畿大学では、一年生向けゼミで、「聖書物語（パールバック著上・下）から聖書へ」、「ギリシャ神話の世界」。二年生向講義で「大航海時代をリードしたポルトガル」、「十六世紀の宣教師が見た日本人」、「英語で読む海賊の世界」等を担当。必修の卒業論文のテーマは各人の自由にしたところ、十数名の学生が様々なテーマを選び（ディズニーランドの集客力、都会人の廃虚志向、地方公共劇場の可動舞台装置……）、対応に苦慮したが、皆すなおな学生達で、楽しく働くことができた。

いろいろ紆余曲折はあったが、私にとって第二の人生として、大阪外大はやりがいのある仕事があり、人なつこい学生達に囲まれた、楽しい職場だった。学業以外でも、教え子二人がラグビー部のフォワードだったため、スクラムの練習相手をしたり、学園祭では、サンバの行列に加わったり、基礎スキー部主催の三泊四日のスキー講習会に、初めて雪を見たブラジル人客員教授夫妻をおつれしたり、大阪外大を辞めた後も、卒業生のクラス会に呼ばれたりしている。

数年前、旧大阪外国語大学は、大阪大学の外国語学部として吸収合併されたが、結局、高度の職業人を養成するよりは、一般教養の先生方の目指す方向に舵を切ったようである。ただ、この大学改革でどういう卒業生を育てようとしているのか、理解できなかった。

大正十年（一九二一年）大阪外国語学校として約百年前に設立され、他の大学には見られないヒンディー、ビルマ、アラビア、ペルシャ、モンゴル等計25の専攻語科を持ち、作家の陳臣舜（ヒンディー、ペルシャ）、司馬遼太郎（モンゴル）を輩出した特色ある国立大学は、専攻語は背後に退いて（アジアⅠ、アジアⅡ講座、ヨーロッパⅠ、Ⅱ、Ⅲ等＝文化帝国主義?・）、特色のない、ひとつの外国語学部として残ったようだが、大阪外国語大学という少なくとも、名称が、永遠に消えてしまったのは残念である。

私の理想の大学改革は、他の大学にない少数言語学科を、ひとつでも多くつくり、卒業生の就職問題もあるので、学生定員も固定化せず、地域研究の研究所を併設し、日本の経済規模に見合った予算をつけることである。一例をあげれば、一教官当りの研究費は、外国から航空便で、日刊紙を一紙とりよせれば、書籍を買う予算はなくなってしまう。財源は、企業内留保金に、新たに課税し、租税特別措置法で外国の地域研究所に対する寄付金分を税額控除すれば良い。また、民間企業から現地に滞在経験のある広い意味での地域専門家を、この研究所に出向《しゅっこう》の形で派遣すれば、給与が下がる怖れもなく、官民の情報の結集、共有ができると思う。

15. その後の家族

妻の最大の娯楽は〝数独〟を解くことで、聖書研究の合間をぬっては、マスに数字を埋めている。理系の頭をしているようだ。

理系の人間は、ひとつの問題には、常にひとつの正解しかないと考え、文系の人のように、ある現象は、こちら側から見れば白、反対側から見れば、黒とは考えない。

長男は、地方の国立大学の電子工学科を卒業するとすぐ、八歳年上のエホバの証人の女性と結婚、男の子一人に恵まれたが、次は産まれず、里親として、もう一人、男の子を引き受け、九州で、半分は布教活動を続けながら、毎晩遅くまで、自営でI.T.関連の仕事を続けている。母親思いで、関東で小さい地震でもあると、すぐ心配して電話してくる。

私にとって孫に会えるのは、二―三年に一回ぐらいである。

長女は、工業学校を出たエホバの証人の男性と結婚し、夫婦で一年間日本でアルバイトをして資金を貯め、その資金で、二年間ぐらいモンゴルで布教活動をするような生活を、もう三回もくり返してきた。その後もトルコのイスタンブールに一年間、更にドイツに出稼ぎに来ているモンゴル人に対し、奉仕活動兼布教活動を行ってきたが、今回のコロナ禍で帰国し、鹿児島の丹那の実家に一時帰国している。子供はいないが、老父母としては、経済的に困窮してないかが心配。娘は父親に似ていると、周りの人にいっている由。

末の娘は公立大学の大学院での生物学研究を途中でやめて、インターネット仲間の男性と結婚。エホバの証人をやめた。大阪の学習塾で教えていたが、女の子一人、男の子一人、をもうけた。父親としては、古生物学の研究者になれればと希望していたが……。

その女の子（孫）は、国立大学の工学部を卒業、東京で就職したと聞いたが、私の母の葬儀で、一回会ったきりである。

〈あとがき〉

前出のとおり、大学審議会は一九八七年から十四年間に二十八の答申を出した。これらの答申のうち塩川正十郎文部大臣宛のものが最も多かったと思う。

塩川正十郎議員といえば、一九七四年ポルトガルの少壮将校団が起こしたクーデターが、銀行、大農場の国有化に急進化し、地中海の入口に、第二のキューバが出現するかと注目されていた一九七六年、日本からの外務政務次官一行とは別に、ポルトガルを単独で訪問された。

筆者は日本大使館の政務・文化広報担当書記官として丸二日、接収された大農場、造船所、町中の壁にスプレー書きされた新左翼のスローガン等を解説してまわった。この時、塩川議員は当方の話を熱心に聞いて下さった。同議員の選挙区は大阪でもあり、今回の大阪外大の改革案について陳情しようかと思っていたが、機会がなかった。というのも当初教員の1／3を占める改革派の先生方が、学内で過半数を形成して行く過程で、〝学内政治家〟の活躍を見ていたからである。

遠くに住んでいる孫達に送る童話集

モザンビークの選挙監視（1994年北部ナンプラ市近郊）
中央が筆者

ナンプラ市郊外の農家の軒先の投票所

〈はじめに〉

おじいさんは、子供のころ、なかなか寝つけなくて、父に「何かお話しして」と毎晩のようにせがんでいました。父は毎回、同じ話ばかりしてくれました。

なんでも、山にハイキングに行った時、バスケットの中にお昼のお弁当を入れて、バスの棚に上げておき、山に着いて、バスケットを開けて、お弁当を食べようとしたら、なんと、ウサギが中で草を食べていたというお話です。バスの中で、ほかの人のバスケットと取りちがえたのでしょう。

毎回、同じ話でしたが、小さかった私は、寝つくことができました。また父は九十九歳まで長生きすることができました。

そこで遠く離れて住んでいるこのじいさんも、孫達がすぐ寝付けるようなお話を考え童話コンクールに何回も応募してみましたが落選つづきです。

やむを得ず、お手紙にして、送りますので……。

令和三年冬

1．アマゾンから来た転校生

夏休みが終って、最初の授業の日、先生が目のギョロリとした色の浅黒い男の子と、その父親らしい人をつれて、得意そうに教室に入って来た。

「皆さん、こちらがブラジルから転入して来たセルジオ・ワタナベ君です。日本語が分かりますので、早く友達の輪に入れて下さい」

皆、興味津々で、すぐ本人と話したがったが、先生は夏休みの宿題の提出や、生活習慣を夏休み前にもどすことなど、いつもの口調で長々と話した。

授業が終るとすぐ、皆がセルジオ君を取り巻き、

「どうして日本語が話せるの？」とか、

「いつまで日本にいるの？」とか、次々にたずねる。

「日本語は、おじいちゃんや、お父さんが家の中で、毎日話していたから分かる」

「日本には二年か三年、お父さんの仕事がある間いる」

「どのあたりに住んでるの？」

「どのあたりって何？」

「住所のこと」

「住所は、堀内一四三七」

「じゃあ、松井さんの近くかな？」

「分からない」

「サッカーは上手？」

「あー、フッチボルは得意」

「プロになるつもり？」

「それ程でもない」

その他いろいろブラジルについて、トンチンカンな質問をする子もいたが、最初の登校日は、特に何事も起きなかった。

転校生から見た日本の小学校

二日目からは、ブラジルでは五年生だったところ、一年下げて四年生のクラスに編入された。それでも教科書は分厚く、知らない漢字もあった。ブラジルの教科書は、薄く、イラストも多かった。先生が、教科書に沿って話していることは、大体理解できたが、授業以外で、給食当番は何々を持って来い、習字、図工の時間は何と何、と、こまごまいうことは、殆ど理解できなかった。ブラジルの田舎の小学校では、音楽や、図工の授業はなかった。

ブラジルは、当時アルファベティザサゥン（識字運動）が盛んで、大人の字が読めない人も小学校に入って来て、教室が足りず、二部、三部授業は当り前で、授業時間も三時限で終るが、日本は五時限以上あり、そのあいだ、じっとしているのは大変だった。

皆が、じっとしているのが不思議だし、それも、ブラジルのように色々な顔色をした子がいなくて、全員が同じ顔なのも、きゅうくつに感じた。

先生の説明が分からなくなると、窓の外を見たり、足を組みかえたり、まわりを見まわし、かわゆい女の子の方ばかり見ていたら、先生に注意された。

また、毎日のように、父兄宛に何か通知する紙を渡されたが、両親とも漢字が読めないので困っていた。

一週間が過ぎて、少し慣れてきた頃、授業中、かわゆい女の子に向けて、小さな消しゴムを投げてみたら、運わるく先生に見つかって、ついに廊下に立たされてしまった。

廊下に立たされていると、太陽の向きが変って陽が当らなく、寒くなってきたので、少し場所を変えようと思って移動していたら、つい校舎の外に出てしまい、ブラジルの田舎では、途中で学校から帰ってしまったこともあったので、学校の外に出てしまった。

すると校庭の脇に、水のすんだ小川が流れており、飲めそうな程すんで、太陽の光の中でキラキラ動いており、いつまでも見あきることがなかった。

アマゾン河は、ミルク・コーヒーのような色をしており、土地の高・低が少ないため、ゆったりしか動いておらず、見ていて何もおもしろくなかったのである。

小川に沿ってずっと歩いて行くと、また別の小川が流れ込み、その先は更に大きな土手のある川に行きついた。

アマゾン河に堤防はない。雨期になると、川は、はんらんし、密林の中に広がって行く。

日本は、いくら歩いて行っても、必ず人家があり、道に迷っても、誰にたずねれば家に帰れる。

先生は、廊下に立たせていた転校生がいなくなってびっくりし、両親の働き先に電話したり、校長・教頭先生と相談したり、大さわぎになったらしい。

普段、両親とも、暗くなるまで働いているので、早く家に帰っても、誰もいないので、陽が暮れる頃家に帰ると、珍しく両親が待っていて、しかられると覚悟していたら、いやに優しく、無事でよかった、無事でよかったと、抱きしめられた。

そういえば、ブラジルでは、お金持ちの子が誘拐されて、身代金を要求される事件がよくあるが、僕が大金持ちの子と間違えられることはないと思う。

おじいさんの話

おじいさんが、五十年ぐらい前、アマゾンの日本総領事館で四年間働いていた頃の知り合いの息子さんから、突然電話が、かかって来た。この知り合いの人とは、昔、おじいさんが開拓地のこの人の小屋を訪れた時、粗末な小屋の壁ぎわに、「中央公論」という難しい雑誌が並んでおり、この人が日本外交を批判する論争を、おじいさんにしかけて来たことから友達になった人である。電話して来たあの当時は小学生だった息子さんに、父君のことをたずねると、六十歳少しで病死したとのこと。

電話して来たのは、この息子さんが、おじいさんの家から五キロぐらい離れた町に出稼ぎに来ていて、今度奥さんと小学生の息子を、ブラジルから呼び寄せたところ、子供がどうも日本の小学校になじめない。小学校の先生から、子供がアマゾンでどういう暮しをしていたか、アマゾンとはどういう所か、一度クラスのみんなに話してもらいたい、と頼まれた。自分は小学生の頃、親につれられて移住し、日本語がうまく話せないので、代りに話してもらえないか？　とのこと。

このじいさんは、子供向けに話をしたことはないが、定年退職して暇なので、やってみても良いよと答えておいた。

その後何の連絡もないので、忘れていたら、何月何日、××小学校四年生の1組でY時限に、話をしてくれとのこと。

そこでお宅の息子さんは、日本の小学校で、どういう問題を起こしているのかとたずねると、小学校の先生に直接たずねてほしい、なんでも、授業中じっとしていないで、まわりの生徒が迷惑しているらしい、とのこと。

おじいさんは、何十年ぶりかで、小学校四年生の教室に入ってみると、四年生って、かなり大きい子と、ずいぶん小さく見える子が入り混っているなあー、アマゾンのどんな話をしたら、みんなの興味を引けるかなあ、とその場になって迷ってしまった。

とりあえず、セルジオ君は、ブラジルのどういう所から来たか、から説明し始めた。

アマゾン河の河口近くにベレーンというアマゾン地方では、一番大きい町がある。

おじいさんが五十年ぐらい前に住んでいた頃は人口六十二万、町で一番高いビルは三十二階もあった。高いビルはこれだけで、ほかは三〜四階建ての古い商店やマンションが並び、町中に実のなるマンゴーの街路樹が縦横に走っていた。河に近い下町や、町の中心部の石だたみには、昔、通っていた路面電車のレールの跡も残っている。一九二〇年頃まで三十年間続いた天然ゴム採取景気時代の名残で、町の中心の公園には、熱帯の雨でくすんでしまったオペラハウスも残っている。

ベレーンは河口の町だが、河の土砂が堆積して、大きな船が接舷できる岸壁はなく、沖がかりで、吃水の浅い屋根のついた河船だけが川魚や、野菜などを荷上げしている。ここの露天の市場に、ブラジル人に混って二十人ぐらいの日本人が、自分でつくった野菜や卵を売っていた。

町中でも、よく日本人を見かける。市内と、近郊の開拓地に、三千人位の日本人が住んでいる。

黒い人の多いリオや、イタリア系の多いサンパウロと違って、アマゾン河流域では、先住民のインディオとポルトガル人の混血が多数派を占める。外見が割に日本人に似ているので、町中で日本人が目立つという程ではない。

気候は、赤道近くで、日本の真夏の35℃、湿度80％以上だが、夕方には街路のゴミを一気に流し去るスコール（雨）が降り、夜は気温が下がって寝苦しい夜は少ない。

この広大なアマゾンの熱帯密林に、どのように人間が住みついたかというと、アマゾンの河口から河をさかのぼって、密林を切り開いていったというより、北側のカリブ海からヴェネズェラのオリノコ河をさかのぼって、アマゾン河の中流地帯に入り込み、広がって行ったと推定されている。というのもオリノコ河流域に残された土器とアマゾン河本流の土器の比較、また子孫がカリブ族、アラワク族などカリブ海周辺の民族の言語と似た言葉を引きついでいるためである。

歴史時代、つまり文書が残っている時代に入り、スペイン人のピンソンが、アンデス山脈側から、アマゾン本流を下り、一五四一年河口まで到達する。この時髪を長くした女性（？）の武装集団におそわれ、ギリシャ神話の女武者にちなんでアマゾネスの名が河の名になる。

アマゾン河流域に、定住の集落ができ始めるのは、十七世紀ポルトガル政府が、あとからやってきた他のヨーロッパ諸国の進出から領土を守るため、アマゾン河の主な支流が本流に合流する地点、数ヶ所に砦（砲台）を築き、周辺の先住民を兵士として徴用し始めたことによる。

もうひとつ集落ができた要因は、同じ時期に、フランシスコ・ザビエルで有名なカトリックのイエズス修道会が、アマゾン本流沿いに、先住民をキリスト教徒化するための教化部落（医療福祉、教育、布教）数ヶ所を設立し、ポルトガル政府の砦集落と競合し始める。砦集落が、イエズス会の教化部落を襲って、先住民の男子を兵士として奪う事件が多発した。

ブラジルが、ポルトガルから独立する一八二二年前後も、アマゾン河下流地域では、リオ・サンパウロ中心の独立に反対する貧困層の叛乱が頻発した。

一八九〇年頃から、天然ゴムの採取ブームが起きる。それまで先住民が自然に生えてるゴムの木から採取した樹液を、ぞうりのような履物の底に塗って使ったり、子供が固いボールをつくって遊んでいた。ヨーロッパで天然ゴムを加工する新しい技術が発明され、布類に塗って防水布を作り始めたことから始まって、自転車のタイア、自動車のタイアと使い道が拡大し、天然ゴム採取ブームが、最盛期を迎える。

アマゾンの住民は、毎朝カヌーをあやつって五十～百メートル置きに自然に生えているゴムの樹の幹に傷をつけ、樹液を集めるカップをむすびつけ、夕方回収するという原始的な方法で原料を集めていた。ちょうどこの頃、ブラジルの中で最も古くから開けていた砂糖キビ栽培の東北地方で大かんばつがあり、二十万人と推定される国内難民が、アマゾン地方に流れ込み、アマゾンの新しい産業のにない手となった。天然ゴムの輸出額は、ブラジルの総輸出額の四割に上った。

なお、このあとに続く、サンパウロ中心のコーヒー栽培ブームも、もとのコーヒーの木の苗は、パリェッタというブラジル人が、ブラジルの北隣のフランス領ギアナから持ち込み、当初ブラジルのコーヒーは、アマゾン地方でだけ栽培されていた。

この天然ゴム・ブームも英国人が、アマゾンの天然ゴムの木を、ロンドン郊外のキュー植物園に持ち出し、苗木を増やして、マレーシア等の英国の旧植民地で栽培するようになって、競争に負け、一九二〇年以降は最終的には、合成ゴムにとって代られる。

日本人のブラジル移住は一九〇八年（明治四十一年）に、サンパウロ州政府が船賃の一部＝イタリアからの移民と同額＝を補助して、コーヒー園の契約労働者として日本人を導入したことから始まる。一九二四年以降は、日本政府が船賃を負担して、日本人の集団開拓地の自営農として送り出していた（一九四一年まで）。

このブラジル南部への移住に対し、アマゾン移住は、天然ゴム景気が去って、衰退した同地方に、ブラジル政府の要請により、ブラジル政府が国有地（密林）を提供し、資本と技術を伴った日本の民間企業・団体が開拓する方式で始まった。

一九二八年、鐘紡が資本金一千万円（当時資本金一千万円以上の会社は五十社ほど）を投じてアカラ（後にトメアス）開拓移住地六十万町歩を開き、シンガポールから持ち込んだ苗木で後にアマゾン地方の主要産業となる胡椒《こしょう》の栽培に成功する。トメアスは、ベレーンからアカラ川を百二十キロさかのぼった所にあり、密林を切り開いた中に、南欧風の日本人の邸宅が五、六十軒程建っていた。セルジオ君は、このトメアス出身である。

他方、一九三〇年には、元衆議院議員の上塚司氏が、日本高等拓殖学校の卒業生三百七十八名を、アマゾン中流パリンチンスの開拓に導入、コーヒー袋の材料となるジュート麻の栽培に成功。

日本ではアマゾンというと、ピラニャ、ピラルク、ピンクイルカ等の自然、それも特に釣《つり》にだけ関心が集中しているが、そこにとどまっていていてよいのだろうか？

また、最近は、ＳＤＧｓという言葉がはやって、アマゾンの熱帯雨林が伐採されて、失くなりかかっているかのような大げさな報道が見られる。

現地で生活していると、アマゾンの森林ほど、多種多様な樹種が混って自生している所は少なく、特定の材木だけを伐採、利用しようとしても採算が合わない。またアマゾン河には堤防はなく、増水期には、減水期の六―八メートルの本流の川幅が氾濫、五十キロ以上の幅の森林が侵水し、材木のとり出しが困難になる（多くの樹種が、水に沈んで浮かない）。

ブラジルは軍事政権の間（一九六四―八五年）、アマゾン開発のスローガンの下、アマゾン東西横断道路、マナオス―ヴェネズェラ国道、サンタレン―クイアバ国道建設のため、伐採が行われたが、この時の山焼きが、夜、人工衛星の宇宙飛行士の目から見ると、過大に映ったのではないか？　ヨーロッパの環境保護運動家の言説を、日本では鵜《う》呑みし過ぎると思う。自然の回復力を過小評価し過ぎていないか。何世紀にもわたって、アマゾンの先住民は、焼畑で、五年置き位には、森林を焼いて移動して歩いてきた。

アマゾンの自然を別の観点から見ると、アメリカ等は、野生種が世界で最も豊富だといわれるアマゾンの密林から、野生種の種子、苗を集め、長年、いわゆるジーンバンク（遺伝子銀行）を準備してきた。例えば、現在栽培している穀類、豆類、果物、花等は長年人類が交配して人工的につくり出した品種で、定期的に野生種と交配させないと、病害が突然大量発生したり、絶滅する怖れさえある。トメアスの胡椒も、病害で収穫が半減する時代もあった。

食料自給率30％以下の日本は、ガラパゴス化して、日本を特殊化して世界に通用しない変種にしないで、野生種を取り入れる必要があるだろう。ジーンバンクは？

皆さんも、セルジオ君をアマゾンから来た未知の野生種として仲間に入れ、衝突したり、妥協したり、交流して行く中で、新しい文化を育てることもできるのではないか？

2．秋晴れの日、おじいさん達とタグ・ラグビーをしようよ

コロナ、コロナで息がつまりそう。

原っぱや砂浜を思いきり走りたいと思いませんか？

ヨーロッパの国々のようにワクチンが広く接種されれば、日本にも秋晴れの日がもどってくると思います。その日に向けてのおじいさんからの提案です。

皆さん、熱帯魚のような派手なユニフォームを着たおじいさん達が緑の芝生の上を団子のようにかたまってボールを追いかけているのを見たことがありませんか？　歳のせいかドタバタと走ってますが、顔は少年のように得意そうです。

戦後まもないころ、四十歳以上のおじさん達が集まってラグビーのクラブをつくり始め、東京には不惑《ふわく》クラブ、大阪に惑惑《わくわく》クラブ、九州には迷惑《メイワク》クラブができました。東京は論語から四十にしてまどわず。大阪はまだまだ惑惑《わくわく》してまっせ。九州は老人がラグビーをするなんてとんだはた迷惑という意味です。今ではほとんどの県にシニアーラグビーチームがあります。桃の産地の岡山には桃惑（当惑）、神奈川には神惑（神をも惑わす？）とか。

シニアーラグビーは、グラウンドの広さほか色々のルールはトップリーグ並みですが試合時間は二十分ハーフか、十五分ハーフ。上に着るジャージーは、熱帯魚並みに派手だが、どのチームも四十歳代は白いパンツ、五十代は紺、六十代は赤、七十過ぎると黄色に決まってます。黄色パンツの大先輩には激しいタックルは遠慮して、十メートル位走られたところで、抱きとめるなど、安全には気を配っています。

もう二十年ぐらい前でしょうか、全国高校ラグビーの甲子園といわれる近鉄花園ラグビー場第三グラウンドの片隅に、惑々の赤パンツが十名ほど集まり、小学校の高学年の生徒さんと、タグ・ラグビーをすることになりました。タグ・ラグビーとは、バスケットコートと同じぐらいの広さのグラウンドで、一チーム四名、又は五名の選手がパスをつなぎながら、相手をすり抜けトライをするゲームで一回一点、先に五点とったほうが勝ちというもの。少年・少女にケガがないよう、タックルもキックも禁止。代りに全員がパンツの腰の両脇に長さ三十センチぐらいのテープをはさみ、タックルする代りに、ボールを持った選手のテープを引き抜け（タッグ）ばタックル成立。テープを取られた選手は立ち止って、味方にパスせねばなりません。テープを取りに来た時、体を回転させたりして防ぐことはO．K．ですが、相手をつきとばしたり、手を払ったりするのは反則です。スクラムもなく、ゲームの再開は、相手と五メートル以上距離を置いたパスから始まります。

タグ・ラグビーが大人になってからのラグビーの基礎になるのは、必ず自分の真横より後ろの位置にいる味方にしかパスできない習慣がつくほか、タグを引き抜かれないよう左に動くと見せかけて右を抜くフェイントと呼ばれる動作、二人のディフェンスの中間地点を、スピードの変化をつけながら抜き去る技術などが身につきます。攻撃の時は、ボールを持った味方の背中に向けて走ります。さらに味方と示し合せて、走る方向を交差（シザース＝鋏）させた瞬間パスしたり、パスをするふりをしたりしてすり抜ける基本技術が身につきます。

少年サッカーとちがう点は、サッカーは大事な所をけられたりする危険と、ヘディングは脳にダメージを与える怖れがあること。

人間は足より手の方が器用ですから、足でパスするサッカーは下手だとパスがつながらず面白くないのに比べ、手を使うラグビーはそれなりにパスがつながり面白いのです。

初めて小学校高学年生と対戦した時、女子の中に背が高く男子より速く走れる子もおりトライをされたおじいさん達は感心して、拍手してしまったこともありました。小学生のラグビーを応援に来たお母さん達は若くて美しい人が多く、老人選手の中には、いつもは重い体重を引きずってドタバタ走っているじっさまが、急にしゃんとしてスピードを出す者もいて、キャプテンから注意されていました。半分以下の体重の小学生とまともに衝突すると危ないのです。

今、孫と一緒に暮しているおじいさんは少ないので、孫のような少年・少女と、鬼ごっこするようなタグラグビーは、じっさまにとっては、とても楽しいのです。また赤パンツの六十歳以上には、正規のラグビー場は広ぎて、走り切るのが大変なのです。

これを書いてるじっさまは、その試合で真横に走り、相手が追いついてきた瞬間立ち止まり、90度方角を変えてゴールに向い、ディフェンスをふり切ってトライした時、窓から光の中に飛び出したような解放感を味わい「やったぜ！」と叫んでしまいました。

3．彫刻にさわれる美術展

天気の良い日曜日、部屋の中で僕はバットを振りまわしていた。オモチャのバットだが、速く振ると、ピーという音が出る。

とつぜん父が部屋に入って来て、

「どうしたんだ？」と聞く。

「別に」と僕。

「いじめられているのか？」

「ぜんぜん」

転校したばかりだったので、父は心配していたのかも知れない。

父はしばらく考えていたが、

「今度、美術展につれて行ってやろう」

「美術展か、おもしろいかな？　子供はあまり行かないんじゃない」

「良い風景画を、じっと見ていると、その景色の中に引き込まれ、その中を歩いている気になれるんだ。外国の町でも旅行した気分になれるんだぞー」という。せっかくなので、「お願いします」といっておいた。

次の日曜日、新聞受けに入っていた町のニュースを集めたタブロイド版の新聞を見ていると、近所のお祭りや、ミニコンサートに混って、見なれない美術展のお知らせがのっていた。

〝さわれる彫刻展〟というもの。

なんでも、数年前に亡くなられた北海道出身の有名な彫刻家が、大木から削り出した木の魂ともいうべき大形作品を、本州では初めて展示するという。作品には手でさわって鑑賞することができます、と書いてあった。

彫刻なら、立体なのだから、手で触って、その厚みや、触感を直接感じるのが自然と思い、父につれて行ってもらうことにした。

彫刻展は、わが家から歩いて三十分ぐらいの県立美術館で開催されていた。

この美術館は、側面が海に面した、比較的新しい白亜の建物で、松林の間を吹き抜ける風の音に、波の音も混っている。

最初の展示室には、彫刻家が主な枝を切り落して土台にした自然の木の幹の上に、何人もの中学生が皮をむいた白木の小枝を、自由に差し込んでつくり上げた〝白木の花〟と題した作品だった。

これなら彫刻家との共同製作になり、鑑賞者が、後から小枝の位置を変えたり、自分でも何か加えることもできるかなと思う。

次の展示室の壁には、彫刻家が、午前三時に見たという目がとび出した鬼のような仮面のいくつかが掲げられていたのと、木でつくった羽根が何枚もあるトンボが沢山並べてあった。

これらの作品には〝さわることはできません〟という表示が付いていたが、特にさわりたいとは思わなかった。なんとなく、彫刻家の脳ミソに直接触れる気がしたので……。


父とはぐれて、一番奥の展示室に入った。この展示室は、大きくて暗く、奥の壁面にだけ透明のガラス窓がはめ込まれていて、ガラス越しに、外の白波の立つ海の一部が切り取られたように目にとび込んでくる。

逆光を受けたうす暗い部屋の足元には、ひと抱えもあるような長さ五メートル位の巨木が横たえられ、その中央付近に二メートル位の高さの枕木のような木が四―五本立っている。目が慣れてくると、横たえられた巨木の上の面が三ヶ所平らに削られ、カヌーの座面のように見える。立っている枕木は、それぞれ別の方角をにらんでいる人間のようだ。

その時、急に陽がかげって、外の白波の立つ海が黒くなった。

部屋の中には、誰もいなかったので、横たえられた巨木に、つかまってみた。ノミで削ったあとか、木の乾燥したザラザラした感触が伝わって来る。

と、何かが、ちょっと動いた。

耳がキーンと鳴って、カヌーにつかまっていると、北風がゴーゴーとなり出し、人々の叫び声が聞える。カヌーの枕木の人達も体をゆすって、強い風からカヌーを守っているようだ。アイヌの人達が踊っているのか、戦っているのか、何か叫びながら耐えている。


父に呼ばれて、ハッと我に返り、ガラス越しの海も急に陽に照らされて明るくなり、枕木達も押し黙って、姿勢をもとにもどした。

僕は彫刻家の魔術にかかった気がした。

しかし、彫刻にさわる前とちがって、身体中の筋肉に力が満ち、なににでも立ち向って行ける気がしてきた。

4．モザンビークの選挙監視

モザンビークは、マダカスカル島の向い側、アフリカ大陸にある。日本を二つ、Yの字にくつけたぐらいの大きさの国です。まわりのアフリカ諸国は標高千メートル以上のアフリカ東部台地の上にありますが、モザンビークはザンベジ河が国を真ん中から二つに分けるようにインド洋に流れ下る、沼地の多い平野の国です。

大航海時代、一四八七年バルトロメウ・ディアスが、アフリカ大陸南端の喜望峰を回って以来、北からのイスラム勢力と戦いながら、一五〇五年には、インドへ行く航路の中継地としてソファラの砦を建設しました。

織田信長が、家来にした初めての黒人は、ここからつれて来られた人です。

先住民は自家用としてトウモロコシ、米、マニオックなど栽培し、輸出用として、やし油、砂糖、茶、煙草等を生産する農業国です。隣国の南アフリカの金鉱山に出稼ぎに行く約十万人のモザンビーク人鉱夫の郷里送金が重視されるぐらい経済開発は遅れている国です。

ポルトガルは、約百年後にやって来たオランダ人を撃退し、ザンベジ河をさかのぼって内陸部（ザンビア）に向い、ポルトガルが最初に拠点を築いた西アフリカのアンゴラと結び付けようとしますが、イギリスの旧アフリカ植民地（南アフリカ―ジンバウエ―ザンビア―ケニア）を南北につなぐ試みの前に敗退します。

一九六〇年代、ベルギー、英国、フランスが、旧植民地だったアフリカ諸国の独立を認めたことをきっかけに、モザンビークでも、約十年間、ポルトガルからの独立武装闘争が行われました。

一九七四年、植民地独立運動弾圧のため、アンゴラ、モザンビークに派遣されていた若手将校の死傷者数が増えたことから、本国で若手将校によるクーデターが発生し、民衆の支持も得て、本国の政権が倒されることに。

しかし、一九七五年の独立後、社会主義国家の建設を目指して一党独裁の政府と、反政府勢力の間で、内戦が十五年間も続きました。

一九九四年、カトリック教会を主とする仲介により、ようやく和平協定が成立、国連の監視の下に、大統領と国会議員の選挙が実施されることになりました。

この国連の選挙監視＝平和維持活動に、日本は総理府が主管して平和協力部隊（選挙監視のほか、停戦監視連絡員も派遣）として十五名の選挙監視ボランティアを派遣することになり、当時五十七歳のこのおじいさんも、モザンビークの新選挙法を翻訳したこともあり、三十歳代の主として大学院生に混って二週間、現地で選挙監視をしてきました。

派遣される前に、日本で現地の伝染病、選挙監視に伴う四輪駆動車の悪路走行、タイア交換、そこら中に埋められている地雷の実物見本等、二週間の事前研修も受けました。

まじめにおかしかったのは対人地雷はたいがい道路脇に埋められているので、選挙監視中、オシッコをしたくなったら、車が通ったあとの道路の真中ですること。女性の監視員の場合、巻きスカートを持参すること、でした。

日本からは、シンガポール経由で、南アフリカのケープタウンに向い、ケープタウンでほかの国の千人ぐらいの選挙監視ボランティアと一緒に、投票用紙の有効・無効の判定、選挙違反の解釈の統一など、国連による三日間の研修を受けました。

このおじいさんは、モザンビークの北部では、一番大きい町、ナンプラに、他の二人の日本人監視員と共に派遣されました。ナンプラは、海岸の昔イスラム商人が拠点を置いたモザンビーク島（国名の由来）から鉄道が引かれ、内陸国のマラウィに達する物資の集散地で、十あるモザンビークの県（平均人口百万）の県庁所在地です。

ナンプラ県は二百五十名の国会議員中、五十三名の定員を有する大きな県で、今回の選挙の結果が最も注目されていました。というのは当時の政権は、ポルトガル時代最も開発の進んだ南部を地盤とし、他方、反政府勢力レナモ【ＲＥＮＡＭＯ】は、中部地方を拠点としていました。北部は、モザンビークの人口の約四十パーセントを占めるといわれたマクア・ロムエ族の土地ですが、経済開発が最も遅れた伝統的アフリカの農村社会を残しているといわれ、政治意識が低いとされていました。

現地に入ってみると、南緯十五度位ですが、標高が七―八百メートルあるのか、陽射しはきついのですが、割に涼しい風が草原を渡ってきます。街中の一番大きな五階建てぐらいのビルの中に入ってみましたら、二階から上は爆破されて床が抜け、空が見えていました。この町で唯一のラジオ・テレビ局の建物だったそうで、内戦中、反政府ゲリラが爆破したとのこと。

町を歩くと、足を地雷でとばされ松葉杖をついている人に（三十人に一人ぐらいか）必ず会います。

大通りには、伊勢エビの描かれた大きな看板を掲げた海鮮レストランが並んでますが、出された食べ物は、現地で焼いたビスケットと、色のついたソーダ水だけでした。

三つ星のホテルの部屋を割り当てられましたが、電燈は天井のまん中のひとつだけ、ベッドサイドの電球や、室内の電話線は、盗まれたのかありません。トイレットペーパーは、毎日厚さ二センチ位のものがフロントで渡されます。ホテルの食事は一日二回、一応固い肉か魚の一品料理にパンとスープで、前日フロントの申し込み用紙にサインしておかないと配給されません。

実は、最初の夜は、空港脇に張られた大型テントの中の折りたたみベッドで過しましたが、このじいさまは、失敗してケガをしてしまい、町中のホテルの部屋を当てがわれたのです。というのは、到着した翌日の朝、ほかの選挙監視員三十名に配る、バインダーにはさまれた書類を、カートンボックスにいっぱい入れて胸にかかえ、監視員が待つ庭先のあづま屋に運び入れる際、あづま屋の土間が二十センチ位高くなっているのが見え、足元を見ながら、あづま屋に入った途端、唐傘の骨のように、草ぶき屋根に隠されていた角材に、いやという程頭をぶつけてしまったのです。

血がふき出し、近くのバングラデッシュの停戦監視部隊が運営している野戦病院で手当てを受け、三針ぬってもらいました。先方は、身長一七五センチ以下の人は、あづま屋の軒先の唐傘の角材には届かないといってましたが、このじっさまは一七九センチあるんです。

二〜三時間後、もとの部署にもどりたいというと、軍医殿は二十四時間だけ経過を見ると、足止めされてしまいました。

ベッドで寝ていると、ほかに患者がいないせいか、医師や看護師が、入れ代り立ち代り、おしゃべりにやって来て、日本で働く方法はないか、留学したいんだが推薦してくれないかなど、うるさかったです。

二十四時間後、選挙が実施される二日前に退院することができ、ナンプラ市から六キロぐらい離れた近郊の貧しい農村地帯の六ヶ所の投票所の監視が割り当てられました。全国では七千四百ヶ所ある由。パートナーは、元モザンビーク駐在ナイジェリア大使のメッテデン氏、色の浅黒い体格の良いイスラム教徒。

投票所は、集計を簡単にするためか、有権者千人につき一ヶ所。町中では、小学校の体育館の中に設置されていましたが、我々が監視した投票所は、農家の軒先や、集落の中心の大木の下に、折りたたみの机を置き、その上に投票箱が置いてある童話の世界に出てくるような投票所でした。

おじいさん達は、約二キロぐらいの範囲の投票所六ヶ所を歩いて監視し、一日に各投票所を三回はまわりました。監視員のための四輪駆動車が足りず、ナンプラ市近郊は、朝、現場近くに運ばれたあと、歩きで投票所をまわって監視し、投票時間が終ってから、迎えに来てくれました。

一番印象的だったのは、一日目の朝七時から始まる投票の前、六時に現場に着くと、投票所の農家の軒先の前に、もう二百から三百人の人が集まっており、女性はそれぞれちがう綿プリントのあざやかな色模様のワンピースを着て、おしゃべりをしており、選挙監視員の我々が、国連支給の水色のチョッキと、同色のキャップをかぶって現れると、映画スターのように取り巻き、「どこの国から来たの」「どういう順序で投票が始まるの」など矢次ばやに質問をあびせてきたことです。

モザンビークは、字が読めない人が、統計上四十パーセントを超えているので、投票用紙は、二つに折られたパスポート大の用紙の内側に、大統領候補と国会議員候補の政党と名前のほかに、政党を示す「象」だの「ひょう」だの動物のシンボルマーク（パソコンのアイコンのような）が印刷されており、自分の選びたい人のシンボルマークの上に、投票所に置いてあるスタンプに指をつけ、指紋を押す方法により、投票するやり方です。このスタンプのインクは、洗っても三日間は消えないので、一人の人が、ごまかして二度投票できない仕組になってます。投票の仕方は、何ヶ月も前から、国際ＮＰＯの人達や、選挙管理委員会の人から説明を受けているが、何しろ初めての自由投票（それ以前は、独立後の一党独裁政権の下で、党が示した候補者のリストの中に気に入らない人だけにバツをつける投票だった）なので、読み書きできない人は不安だったとのこと。

投票開始前に、あまりに多くの人が集まったので、五十名ずつ投票の順番を示す番号札を配り始めたが、この番号札をうばい合って、ひと騒動がありました。

色とりどりの女性の衣装、おしゃべり、押し合いへし合い、まるでお祭りのようでした。

ただ皆、真剣な表情で、いかに投票を通じ和平を望んできたかを、ひしひしと感じました。

各投票所には、各政党の代表が監視に来てましたが、反政府ゲリラを十五年も続けてきたレナモだけは、集落の入口に二トントラックを、運転手付きでエンジンをかけたまま停車させ、荷台には砂袋が六〜七個積んでありました。このじっさまが、運転手に、砂袋は何のためかたずねると、トラックが地雷を踏んだ時、荷台に乗っている人が大ケガをしないためと答えていました。あるいは、選挙をネタに、政府軍がだまし討ちで襲撃して来た時の用心に、弾丸を防ぐ砂袋かな、とこのじっさまは、気をまわしました。

ケープタウンでの国連の事前研修の際、政府軍の埋めた地雷の数のほうが、ゲリラ側の埋めた地雷より多いとの説明もありましたので。

レナモの人達だけは、ほかの政党の代表とちがって、常に周辺を警戒する細く光る目をしてました。

〈レナモ代表の一時引き揚げ〉

投票第一日目の午後四時二十分、レナモの選挙監視代表が、このじっさまの所へやって来て「党中央の指令により、レナモ代表は、全国の選挙監視員を引き揚げる」と宣言してきました。

このじっさまは、「いかなる理由で引き揚げるのか、投票は二日間で、明日の夕刻までだが、引き揚げは決定的なものか、明日あなた達は来ないのか」と確認すると、「党中央は、引き揚げの理由を明らかにしていない。ナンプラの町に帰って確認する」というので、「これだけ多くの人達の努力により、やっと和平のための選挙が実現したのだから、明日、諸君が、この場に帰って来るのを期待する」というと、「よく分かっている」との答でした。

翌朝、投票の最終日の朝七時に、レナモ代表が、選挙監視委員会が発行した自分達の証明書を返却してきたので、選挙はもう成立しないと落胆しました。

何年もカトリック教会などが仲介者となって、和平協定にこぎつけ、海外から千人以上の選挙監視員が集まって実現した選挙が無効になるのかと思うと、本当にがっかりしました。

ところが九時四十分頃、レナモの選挙監視員達が、一台のトラックに乗ってやって来て、選挙に復帰し、投票が再開されました。

このじっさまは、うれしくなって六ヶ所の投票所のレナモ監視員一人一人と握手してまわりました。その時、レナモ代表の一人が、投票はあと一日だとつぶやいたのを憶えています。

現地の新聞報道によれば、投票開始の初日、レナモが優勢とみられていた奥地のいくつかの投票所で、投票用紙や、選挙人名簿が、朝七時までに届かず、午後三時頃届いたため、レナモは投票日を一日延ばすよう、中央選挙管理委員会に申し立てたが、予算超過になるため、なかなか認められず、投票最終日の朝九時頃、一日延期が決まったとのこと。

じっさま達国連の選挙監視員達は、毎日投票時間が終ると、投票箱にシールし、警官一名と選挙管理委員一名が徹夜で見張り、翌朝じっさま達の立ち合いの下、シールが解かれて、投票が再開されました。また開票の際も、じっさま達が立ち合いました。

じっさま達の知る限り、選挙は公正に行なわれたといえます。

選挙結果は、大方の予想どおり、都市部では与党、農村部ではレナモが優勢で、全体としては5対3の割合で、与党フレリモ【FRELIMO】が勝利しました。このじっさまの予想では、レナモがもう少し健闘するかと思ったが、レナモのゲリラテロが、相当反感をかっていたのが、現地に行って分かった次第です。

この選挙後、レナモの反政府テロは終わり、武装解除も進みました。

この九年後、横浜で第五回アフリカ開発会議（TICAD）が開催されたが、この間モザンビーク沖に海底油田があることが確認されたこともあり、日本の総合商社の社長が、この会議でモザンビークを最も有望視しているとの講演を行いました。

5. おじいさんは海辺の町へ

海辺の町

じーじが今住んでいる町は、木がいっぱいしげっている低い山から分かれた尾根《おね》が、手のひらを広げたように海岸まで伸びている町である。

尾根と尾根の間の狭い平地に、住宅がひしめき合っている。ふつうの町よりは、住宅の屋根が色とりどりな気がする。都会から電車で一時間半位の海水浴と小さな漁港、ヨットハーバーの町で、入江のところどころには四〜五階建てのリゾートマンションも多い。

「良い所にお住いですね」とよくいわれるが、夏は狭い道が、海水浴客の車で渋滞し、湿気が多く、家の押し入れの中には、すぐカビが生える。

一年を通じれば、気候は温暖で、冬でも霜がおりないので、不満というほどではない。

若い人から「ついの住み家ですね」といわれるが、そういわれると—ああ、この土地で生涯を終えるのか—と、引越しを何回も繰り返したじーじとしては、淋しい気もする。

じーじは、海外で十年、国内で三十三年働き、定年退職と同時にこの町に引越してきた。

二年後、駅の階段を降りていた時、突然目まいがし、一瞬意識を失い、気がつくと、階段に尻もちをついて座っていた。くちびるがしびれて、一週間位、言葉がはっきり話せなかった。

心房細動《しんぼうさいどう》のため、血のかたまりができ、脳の血管の一部に、一時的に詰ったと診断された。近くのハートセンターで、首と両脚のつけねの三ヶ所からカテーテルを血管に通し、不整脈を起こす心臓の神経を焼く手術を受けた。

今は、一日三十分位、近所を、のたりのたり歩いている以外は、時どき水彩画を描くか、自宅の二階の窓から下の通りを、ぼんやり見ていることが多い。

ほのかちゃんの笑顔

下の通りは、車一台がやっと通れる狭い道で、宅配便の車か、小学校に通う子供達、犬を散歩させる人ぐらいしか通らない。

ある日、下の道を、二階から見おろしていると、ベビーバギーに赤ちゃんを乗せて通る色白のおっとりした感じの母親が見えた。赤ちゃんの顔は、幌のかげで半分かくれている。毎週一回位、同じ時間帯に通るので、ある時、どんな顔の赤ちゃんなのか見ようと、タイミングを合わせ、玄関を出てみた。

まだ歩けない六ヶ月の女の赤ちゃんで、「こんにちは」と呼びかけると、ニコッと笑った。

「わあー、すてきな笑顔だ！」と、じーじが思わずさけぶと、また、ニコッ。

じーじは、心臓病、死への恐怖のトンネルを抜けて、突然新しい生命の、やわらかな光のフラッシュをあびた気がした。生れて間もない輝くいのちが、おとろえていく生命を、一瞬ゆさぶる。

次の週、じーじは、またあの笑顔が見たくて、出ていった。

こんどは、赤ちゃんは、おしゃぶりをくわえて眠っていた。じーじが出ていくと、お母さんはゆすぶって起こし「ほら、じいちゃんだよ！」といって、おしゃぶりを、さっと抜くと、目はとじたまま、口だけで、ニコッと笑う。生きていることが、無条件に、楽しそうな笑顔。

あとで聞くと、その母親は、じーじの奥さん、つまりばーばの音楽仲間で、その人の家から、じーじが出てきたので、あまり警戒していなかったらしい。

母親は、毎週火曜日、駅の近くの音楽教室でピアノを教えているので、週一回、じーじの家の前を通って、友達の家へ、赤ちゃんを預けに行くという。赤ちゃんの名前は、ほのかちゃん。

それから、じーじは、ほのかちゃんの成長を見守ってきた。まだベビーバギーに乗っていたほのかちゃんに「何歳ですか?」とたずねると、一度五本の指を全部ひろげてから、両脇の二本の指を、もう一方の手でかくす。「ああ、三歳ですね！」というと、ニコッ。生れて初めて歩けるようになった時にも出くわした。両腕を、カカシのように横にのばして平均をとりながら、ゆらりゆらり、片方の足を、おっかなびっくり前に出して進んでいた。

ほのかちゃんが五歳になる前、引越しをすると、ばーばから聞き、じーじはがっかりした。

ほのかちゃんのお父さんは、外車の販売・修理を仕事にしている。時々、修理中の大きな車を、夜遅くなると、自宅に運転して帰る必要があるが、近くに駐車場がないことが引越しのきっかけらしい。

そこで、じーじは、ほのかちゃんとお母さんを昼食に招待することにした。昼食中、二枚の写真をとり、写真をもとに二枚の水彩画を描く。笑いたいのをがまんして、あごのあたりが緊張している小さな絵である。

水彩画ができ上がったので、ばーばに引越し先に届けてもらうよう頼む。

引越し先は、じーじの住む所から、車で二十分位の人里離れた新しい分譲地だそうだ。

まだ雑木林が、所々残っている丘の斜面の牧場の入口に六軒程家が建ったらしい。

ばーばが、ちょうど絵を届けに行った時、六年生ぐらいの女の子と、二年生位の男の子が、牧場から降りてきて、新しく建った家に遊び友達になれる子がいないか、偵察に来ていたらしい。

ばーばが、ほのかちゃんのお母さんと、おしゃべりをしていて、陽がくれる時間帯になった。と、六年生位の女の子は、さっと腕を上げて、男物の腕時計を見、なんと脇に置いてあったスクーターのエンジンをかけ、弟を後ろに乗せてウィーン・ウィーン・ウィーンとエンジンをふかしながら、丘をかけ上って行ったとのこと。

「子供がスクーターに乗っていいの?」と、ばーばが驚いてたずねると、ほのかちゃんのお母さんは、「牧場の中でだけ乗ってるようよ」とのこと。

ばーばは、家に帰ってくると、じーじに、いきなり「ほのかちゃんの新しい友達は、あなたとちがって、ワイルドよー」といった。

6．リスが来なくなって安全パトロール

じーじの家は、山の北側の斜面にはりつくように建っている。家の南側の二階のアミルテラスから手を伸ばすと、斜面に生えた木に、とどくほどである。

住み始めて一週間位たった時、木がゆれているのに気がついた。リスだ！

このあたりの低い山には、一説によると、鎌倉あたりで飼われていた台湾リスが脱走して増え、野生化したものが住みついたといわれる。台湾リスは、耳の先が丸く、尾が太く、体に縞《しま》はない。

注意していると、じーじの住んでいる町なかの家の垣根や、電話線、小学校の桜並木などを伝って走るリスを目撃することがある。

西欧の都市の住宅街では、大木からとび下りたリスが芝生を横切ったりする姿を見かけるが、日本では珍しい。

じーじは、自宅のアルミテラスのすぐ前の木を伝って渡るリスを見てから、リスを餌づけしようと考えた。

アルミテラスの端に、うつわを置き、ピーナッツとビスケットを入れておいた。

一週間位は、変化がなかったが、ピーナッツが、段々減るようになる。カーテンの陰にかくれて見ていると、最初は、小柄で若そうなリスがやって来て、ピーナッツひとつをつかむと、すぐ逃げた。何日かして、また観察していると、今度は中型のリス、最後に、いやに尻尾の太いリスが、アルミテラスまで渡って来て、餌を持ち去る。

じーじは、以前飼っていた柴犬の名前を、やって来るリスにつける。最初の小柄のリスは、メスらしいので、ハナ。中型のリスにはジロー。尻尾が太い大型のリスには……ボス・リスという名をつけた。

ハナ・リスは、テラスのパイプの手すりの上を、尻尾でうまくバランスをとりながら渡って来て、ついに、じーじの手から直接ビスケットを受け取るようになった。

「やったあ！」と、じーじは叫ぶ。

心臓病も忘れて、「ハイリー・ハイロー」と口笛を吹きながら、週二回、近くのスーパーに、ビスケットやピーナッツを買いに行く。

しばらくすると、四番目のリスもやって来るようになった。昔、映画のタイトルにあった「第三の男」と名付ける。ハナ・リスが、多分メスなので、四番目に現れても第三の男、それに、なんとなく謎めいたリスなので……。

ある日、テラスで、ハナ・リスに、直接餌を渡していると、突然ダ・ダ・ダーという音と共に黒い影が、じーじの髪の毛をかすめていった。

トビだ！　近くの漁港には、小魚などが落ちているので、よくトビが空を舞っている。

ハナ・リスをねらって、急降下して来たのだろうが、ハナは無事だった。

じーじの家は、北側の斜面に建っているので、お昼ごろまでしか陽が当らない。陽が当るのも、東側に大きな庭を持つお隣さんのおかげである。

そのお隣の奥さまから「お宅は、まさかリスに餌などやってないでしょうね」といわれた。

果樹などの農作物に被害を与えるとのことで、町役場からも、リスなどに餌をやらないようにとの広報がまわっていた。

これでは、もうリスに餌をやるわけにはいかない。


テラスに餌を置かなくなってから、ハナ・リス達は、一週間以上は、毎日のように来ていた。ある時、ハナ・リスが鋭い声で「キー」「キー」鳴き、そのあとで庭を見ると、数少なくない立ち木の一本の幹の皮が、幅四～五センチ、長さ一メートルほど、はぎとられていた。いつもの餌がないので、おこって、かきむしったのだろうか？

図書館に行って調べると、台湾リスは、やわらかい樹皮をはぎとって、巣作りするということが分かった。来年ハナ・リスが新しく生れた子供のリスをつれて、木を渡ってくる夢をみることにした。

新しく配られてきた町の広報紙に、町役場がリスの「駆除《くじょ》」を行うので、町民は協力するようにとの記事が出た。

あんなに、かわいらしいリスに対し、「駆除」という言葉を使っているのが、じーじには無神経に思えた。果樹に被害を与えるといっても、近所の夏ミカンなどは、収穫もされずに、地面にころがっている。

ロンドンの都市開発では、市街地が広がって行く際、当時郊外にあった牧場、森林の一部を、帯状（あるいは市の中心からみてドーナッツ状）に保存し、市民のための散歩やスポーツ用の森林公園を各地につくっている。森林公園の中には、珍しい鳥類の小動物園や、リスのための餌場もある。ここからリス達が、住宅街の芝生の上や、道ばたの並木の上に進出するのであろう。

この町も、緑いっぱいの低い山地、林が広く残っているので、リスの餌場ぐらい確保できないものか？

市街化調整区域とかいって、住宅を建てさせない区域は、どう活用されているのであろうか？

「駆除」の効果があがって、リスの姿をほとんど見かけなくなり、がっかりしていたじーじに、ばーばの友達から、小学生の交通安全見守りボランティアのグループに加わらないか、とのお誘いがあった。

金曜日、近くの小学校の生徒が下校する際、黄緑色のチョッキを着て、横断歩道を渡る小学生達を守るように腕を広げる役である。

じーじが参加したグループは、総勢二十数名。三～四名ずつ、五ヶ所に分かれて、見守ることになっている。一ヶ所に三～四名はりつけるのは、男の場合、ほぼ全員が定年退職者、女性の場合、子育てが終った主婦なので、平均年齢が相当高く、健康上、その他の理由で、いつも三～四名のうち、一～二名は欠席するからである。

バスとバスがにらめっこ

じーじは、参加してから九年目になるが、今はバス通りから、ななめに図書館に入る信号のところで、黄緑色のチョッキを着て、生徒を見守っている。

金曜日の午後二時四十五分から、首を長くして待っていると、たいがい三時ちょうど頃、ひとつ先の信号機の下に、最初の一年生のグループが現れる。黄色い帽子に、黄色のランドセルカヴァーが見えると、リスが現れた時のように、まわりが、ぱっと明るくなる気がする。

四月の新学期のころは、一年生って、こんなに小さかったっけと、思わずほほえんでしまう。夏休みの直前になると、休み中の課題の工作でも入っているのか、小さい体の半分位の大きな手下げ袋を、休み休み引きずるように運ぶ子が多い。「お帰りなさい」と呼びかけると、下を向いたまま「ただいま」と小さくこたえる。

夏休みの前の終業式の日は、一年生から、六年生まで、同じ時刻に授業が終わり、大勢一緒に帰ってくるので、我々見守り組は、大いにはり合いがある日である。上級生の中には、「お帰りなさい」と声をかけると、「ただいま」といってから、てれくさいのか、「ただいま、といっても、おれの家でもねえし」といった子もいた。

一年生の男の子の中には、赤信号の向う側で待っている間、じーじに向って、「おしっこ」、「おしっこがむっちゃうよ」と、うったえた子がいた。じーじは「間に合わないなら、そこの道ばたでしなよ！」とくり返し呼びかけているうちに、もらしてしまった。

泣きながら、そのまま歩いていってしまったが、しつけが良すぎるのか？　応用力、野性（？）がたりないのか。いずれにせよ、今の子供の薄着なのには驚く。このためおしっこが近いのか？　風の強い冬の寒い日でもTシャツと半ズボンだけの子も多い。薄着をさせるのが、単なる流行でなければ良いが……。

この間は、三年生位の女の子が、バス停の前で、重そうなランドセルを背負ったまま、何台かバスがやって来ても乗らない。そのうち疲れたのか、ランドセルを地面にころがした。もう三十分近くたっていたので、じーじが「どうしたの？」とたずねると、「バイオリンのおけいこに、お母さんといっしょにバスで行くんで、ここで待ってる」という。

それからまた十分位過ぎたので、じーじが「いちど家に帰ってランドセルを置いてきたら」というと、「お母さんは、出かけて家にいない。いつもこのバス停で待ち合わせているの」と答えた。

「なにか、お母さんと連絡する方法はないかな?」ときくと、「お母さんのけいたい番号なら分かる」という。じーじは、自分のけいたいで、いわれたとおりの番号にかけると、ちゃんと母親が出た。じーじは自分の名をいってから「お嬢さんの××ちゃんが、バイオリンのけいこに行くといって、ここのバス停で、三十分以上お母さんを待ってます」と伝えると、「バイオリンのけいこは、今日金曜日ではなく、木曜日です」とのこと。「それでは、今本人と代ります」と、けいたいを女の子に渡すと、二人でなにか話し合っていた。通話が終って、本人がけいたいを渡してきたので、じーじが「結局どうするの?」とたずねると、「家に帰る」という。本人がいうには、「バイオリンのけいこは、いつも木曜だけど、今日は特別一時間授業が早く終ることになっていたので、今日行くといっていたのに……」といいながら、重そうにランドセルを背負って帰って行った。お母さんの電話の話し方は、日本人ではない気がした。

〝バスを待っている〟といえば、四年生位の男の子が、横断歩道の信号が青になったのに、渡らない。じーじが「渡らないの？」とたずねると、「駅前の病院に行くので、バスを待ってます」とのこと。

そこに同級生らしい元気の良い女の子がやって来て、「カトー君、バスで、どこに行くの？」ときく。「駅のほう」とだけ答え、ちょうど来たバスに乗りこむ。女の子は、「いいな、いいな。バスに乗りたいな」とくり返し、カトー君の背中に向って、さけんだ。

この町には鉄道は通ってなくて、北に二つのトンネルをくぐって五キロ行くと、隣の市に駅と、割ににぎやかな商店街、銀行、病院などがある。逆に南へ十三キロ行くと、鮪の水揚げで有名な漁港があり、このバス道路には、水をもらしながら走る冷凍トラックや、カーテンを半分ひいて眠そうな顔がのぞいてる観光バスなどが行き来している。

じーじが「駅の方に行きたいの、それとも漁港のほう？」と、きくと、女の子はそれには答えず、「あっ、バスとバスがにらめっこしてる！」という。

ちょうど赤信号をはさんで、こちら側から行くバスと、向うから来たバスが向き合い、フロントウィンドが、人間の眼鏡のように、反射して光っていた。信号が変ると、こちら側のバスが先に出ていく。そこでじーじが「こちら側のバスの勝ち！」というと、女の子は「にらめっこしたら、先に動いたほうが負けだよ」と判決を下した。

次の週、また同じ時刻にカトー君がバスを待っているところに、例の女の子がやって来た。ちょうどバスが来て、じーじは、バスに背を向け、腕をひろげて、生徒達が横断するのを守っていた。

生徒達が渡りきって、じーじがふり返ると、バスが動きだした。

ところが、バスが動いたあと、カトー君はもちろん、例の女の子の姿も見えない。

バスに乗って行っちゃった、にちがいない。お母さんに、バスに乗って、どこどこに行くと、ちゃんと、ことわって行ったのだろうか？

次の週も、また次の週も同じ時間帯に、カトー君も、例の女の子も現れない。

じーじは、心配で、心配で、もうバスが信号をはさんで向い合って停車していても、バスとバスが、にらめっこしているようには見えなくなった。

7. えりかちゃんが残したもの

八ヶ岳の斜面で

八ヶ岳は、二千メートル級の山々が、つらなっているが、高山らしい岩はだを見せているのは、峰々の頂上と、尾根《おね》筋だけで、その下の斜面は、深い緑の森林におおわれている。

すそ野は、なだらかで、扇のように見わたす限りひろがり、林の間に、開拓村や、大規模な野菜畑が点在する。

中腹のしらかばの混った針葉樹の林の間には、色とりどりの別荘の屋根が見えかくれする。

立派な別荘地区の隣に、「財産区」と呼ばれる市町村合併の際、区分けされたもと村人の共有林がある。その一区画を、ばーばがしきりにすすめるので、じーじは借り、プレハブ小屋を建て、夏休みの間だけ過ごすことにしてきた。大学の教員をしていたので、夏休み中、翻訳をしたり、論文風のレポートを書こうと決意するが、標高千三百五十メートルの地点では、平地より七度は、涼しいせいか、あるいは、酸素が薄いせいか、知らぬ間に、居眠りばかりしている。

こうた一家がやって来た

九州から、息子のこうた一家が、一週間の滞在予定で、車でやって来た。奥さん、小学校五年のすばる、一年生のたくやを乗せて、高速道路を使って来ても二十五時間もかかった。途中のサーヴィスエリアで、三〜四時間仮眠をとって、運転して来たので、こうたと奥さんは、ぐったり。

子供達は、車の中で、寝てばかりいたので、元気そのもの。外であばれたいという。そこで、じーじが、近くの八ヶ岳自然文化園というところに、つれて行くことにした。

八ヶ岳自然文化園

八ヶ岳連峰の東側斜面は、JR線で最も標高の高い所を走る小海線にそって八ヶ岳高原ライン（道路）が横切っており、清里《きよさと》など観光地化が進み有名だが、南側の斜面には、まだ自然が多く残されている。

中腹の標高千二百メートル前後の大平《おおだいら》から、北へ向う高原ラインと分かれて、西に向う南斜面をほぼ水平に走る「はちまき道路（県道）」がある。八ヶ岳が、ちょうど頭にはちまきをしているようだということから、名付けられたのであろうが、むしろ出っぱったお腹に、ゆるゆるのベルトをしめているかっこうを連想してしまう。

道路の両側に、から松林が十キロ以上続き、たまに企業や地方自治体の保養所、貸し別荘、テニスコート、パブリックのゴルフコース、などがあるものの、人影は、夏のシーズンでもまばらだ。

夏休みには、マラソンのトレーニングをしている学生のグループが、道ばたを走り、秋には、毎年野生の鹿に出っくわしたり、野ウサギが、道を横切る。

八ヶ岳自然文化園は、このはちまき道路の、ほぼ西のはずれにあり、広大な斜面の中にプラネタリウム、フィールドアスレチック、パターゴルフ、ドッグラン、芝スキー場などを持っている。

プラネタリウムの前の広場では、夏の夜空の「星を見る会」が、毎年開かれ、メーカーや有志の人の協賛で、さまざまな形の十数台の天体望遠鏡をのぞくことができる。

以前は、野外映画会が、夏休み中、開かれ、星空の下、「ジュラシック・パーク」、「北北西に進路を取れ」、「ペリカン文書」等々が上映されていた。高原の夜の野外は冷えるので、皆毛布と座布団持参で、よく見に行ったものだ。

プラネタリウムと繋《つな》がっている反対側の棟には、グランドピアノが置いてある小コンサートを催せる会場と、下のパターゴルフコースを見おろせるレストランもある。

入口のま向いには、二十軒位の山の別荘風民宿が集まる原村ペンションヴィレッジがある。四十年位前に新設された当時は、女性週刊誌に取り上げられ、若い人達であふれていたが、近年は、若い人達も団体のツアーで、大規模な観光ホテルに向うらしく、ここはかんさんとしている。

入口の近くには、「おもしろ自転車園」というのもある。パンダの面をつけた三輪車から、クラシックカーに似せた二人乗りの自転車まで二十台位の、さまざまな形の自転車があり、三十分二百円の割にしては、順番を待たずに乗れる。

すばるとたくやは、とっかえ、ひっかえ、色々な自転車に乗り、相手の進路を妨害したり、わざとぶっつけ合ったりして、大はしゃぎだった。

えりかちゃん

次の日、この自然文化園で、えりかちゃんと待合わせ、じーじの小屋で昼食を出すことになった。

えりかちゃんは、まだ五歳だが、ばーばの友達である。

ばーばは、キリスト教の活動で、下の村に、毎日のように車で、出かける。

えりかちゃんは、ばーばと一緒に、農家の人達に、パンフレットを配りながら、聖書研究の集まりの案内もできる。

五歳で、あんなに言葉を話せる子は、見たことがないと、ばーばはいう。

帰ってきた「はやぶさ」

えりかちゃんを待っている間、ちょうどプラネタリウムで、「はやぶさ」の記録映画（上映時間二十分）を上映していた。

待ち合わせの時間に、ぎりぎり間に合いそうなので、ばーばを残して、みんなで見ることにした。

「はやぶさ」は、小惑星「いとかわ」探査のため、七年間も宇宙をさまよって、無事地球に帰ってきた探査機である。

小惑星「いとかわ」は、わずか百六十メートル×五百メートルの天体で、ピーナッツのからのような形をしている。

「はやぶさ」は、広大な宇宙の中の、あんなに小さな天体に着陸したあと、一度音信がとだえたが、よく地球まで帰って来れたものだと、胸が、いっぱいになった。

すばるや、たくやに、「どうだった?」ときくと、「うーん……」と、だけの反応。

とび出して来た小さな女の子

プラネタリウムを出ると、文化園の入口で、えりかちゃんを待っていたはずのばーばの姿が見えない。

多分、えりかちゃんが、早く着いたので、ばーばは先に小屋まで、案内して行ったのだろう。

小屋に着くと、小さな女の子が、つまずきながらとび出して来た。

「御主人さん」と、いいながら、小さく折りたたんだ紙切れを、差し出す。

開くと、なんとか読める字で、『お花のえ、ありがとうございました』と書かれてあった。

昨年の夏、小さな女の子が、ばーばのキリスト教宣教活動のパートナーになったと聞き、ちょうど、じーじが描いていたホタルブクロの水彩画をあげたことがあった。

ホタルブクロは、赤紫色の小さなベルの形をした花を、すずなりにつけている野の花である。

「ホタルブクロのひとつひとつの花に、一匹ずつホタルを入れて、夜の山道を歩くと、このあたりの鹿か、野ウサギが、ついてくるかもしれないよ」という小さなメモをつけておいた。

やたらに活発な女の子

えりかちゃんは、やたら活発な子だ。

三人の中で、一番小さいのに、すぐリーダーになって、たくやと、すばるに、「あれして遊ぼう！　これして遊ぼう」と、よくひびく声で呼びかけ、小屋のまわりの熊笹を刈った小道や、ヴェランダの上を、走りまわる。

五歳らしく、頭にリボンをつけ、白のブラウスと、赤のチェックのスカートをはき、日本人形のようなおとなしそうな顔立ちをしているが、一瞬たりとも、じっとしていない。

五年生のすばるは、さすがに、ちょっと引いているが、えりかちゃんにせき立てられて、遊びの輪に加わっている。

そうめん流し

三人の子が、走りまわっている間に、ばーばとじーじは、おそい昼食の準備をする。

ひとつは、じーじのアイディアで、ヴェランダでの「そうめん流し」。

もうひとつは、ばーばがつくるピザ。

そうめんを流す太い竹筒を町まで下りて、探したがなく、苦しまぎれに、ホームセンターで、プラスチックの雨どいを買ってきた。

雨どいの色は、茶色。

ヴェランダで、傾斜をつけた筒の上の方から、じーじが大きなヤカンで水を流すと、それに合わせて、ばーばが、少しずつ、そうめんを落して行く。

子供達は、茶色の雨どいを流れてくるそうめんを、「キャッ」「キャッ」とさけびながら、競争してつかまえている。ただ、あまりに急いでつかまえるため、まだ口の中にいっぱいそうめんがつまっているのに、おわんからも、そうめんがあふれている。

ピザ

ピザは、ばーばが、生のピザ台を買ってきて、その上にチーズ、ベーコン、玉ねぎ、ジャガイモ、トマトなど乗せ、陶器のピザがまで焼いたもの。レストランのものと変らず、子供達は、わき目もふらず、食べていた。

えりかちゃんのお母さん

お腹が、いっぱいになったあと、こうたの奥さんのみよこさんが、えりかちゃんのお母さんだと思っていた人と話していたら、お母さんではなく、おばあさんだということが、わかった。地味な服装をし、無口、小柄で色白な人だったので、若く見えたが、五十歳位か？

ばーば自身、えりかちゃんのおばあさんとは、聖書研究会で、隣り合わせに座ったのがきっかけで、「孫達が九州からやって来るんです」と、うれしくてしゃべったら、えりかちゃんが「私も行きたい」といったので、招待することになった、とのこと。

えりかちゃんのお母さんは、まだ二十八歳だそうだが、心の病で、入院しており、代りに、おばあさんが、下の村で育てているという。

お父さんは、仕事の関係で、単身、東京に残っているとのこと。

じーじと、えりかちゃんのおばあさんが話していると、そばを通りかかったえりかちゃんが、「お父さん」という言葉を聞きとめて、「あす、お父さんに会いに行くんだ」という。

たくや

七歳のたくやが、それにつられたのか、突然、「ぼくはこの家の養子みたいなものだよ」と、いったのにはおどろいた。

こうた夫妻は、すばる一人しか子供ができないので、たくやが三歳の時、施設からひきとって、育てている。

こうたは地方の国立大学生の時、聖書研究会で、デパートの受付をしていた彼女と知り合い、卒業と同時に結婚したいというので、一家の主人として、子供を持ち、家族を支えるには早過ぎないか、とじーじは主張したことがあった。

彼女は、すばるを生む時、難産で、もう次の子は生めないと医師に宣告されていた。

里子として引きとった最初の年、施設の人が、たくやを見に来ると、テーブルの下にかくれて、「帰りたくないよう―」と、泣いていたそうなので施設のこと、産みの親のことなど忘れかけていたと思っていた。

産みの親の名前は、施設から知らされており、本人も知っている。産みの親が、自分一人では育てられないといって、施設に置いて行ったそうだが、戸籍上、たくやを認知している父親の名前も分かっている。ただ、この父親は既婚者で、既に別の家庭を持っていたとのこと。

こうた夫妻は十八歳で、たくやを独立させる時、突然産みの親が別にいると知らせると、ショックが大きすぎるのではないかと考え、小学校入学の時から、たくやに戸籍上の名字を名のらせ、本人は「僕は三つ名前があるんだぞ」と自慢しているので、それ程心配はしていなかった。

はたから見ても、こうた夫妻は、たくやを充分かわいがっているし、すばるも、たくやをからかいつつ、いつも実の兄のようにくっついている。今のところ、たくやも家族と一緒になって聖書研究を続けている。

ただ、えりかちゃんのことが、きっかけになって、日常的に産みの親を意識し始めると、どういう影響が出るのか？　特に産みの母親に自分は見捨てられたと感じ出すと、どうなるかと、じーじは心配し出した。

家に帰りたくないよー

夕方になったので、えりかちゃんのおばあさんが「さあ、おいとましましょう」といった。

するとえりかちゃんは、三人で遊んでいたジグソーパズルを、くずし、突然押入れの中や、冷蔵庫の下にまで、ばらまき始めた。

ほかの皆が、ひろい集めるが、なかなか全部のピースは見つからない。

よほど家に帰りたくなかったにちがいない。

家に帰っても遊ぶ相手がいない

おばあさんに手を引かれ帰りかけたえりかちゃんが、手をふりほどいて、もどって来た。「御主人さん」といって、じーじの手を引っぱって行った先は、カーテンがたばねられていた所で、カーテンの折り目の間に、ジグソーパズルのピースひとつがかくれていた。

おばあさんの話では、下の村の近所に、同じ歳ごろの子供は少ないし、都会から来た子供と遊ぶ相手もいないという。

帰りの車に乗りかけた時も、ふり返って、たくやをハグしようとしたが、たくやが逃げまわったので、えりかちゃんは、やっとあきらめて、車に乗った。

人と人の密接なつながり―ブラジル

じーじは、昔、四年間住んでいたブラジルを思い出した。

ブラジルでは、相当まずしそうな家庭でも、身寄りを失くした遠い親せきの子供を引きとって、家族同然に育てている例が多い。

子が母を探して歩く話は、移民の国、中南米では珍しくない。日本でも、よく知られている『母を訪ねて三千里』（エドモンド・デ・アミーチス作、一八八二年）では、経済危機に陥ったイタリアのジェノバから、母親が先にアルゼンティンに職を見つけて移住。残された少年マルコが、あらゆる困難を乗り越えて、アルゼンティンに渡り、病で死にかけていた母に、めぐりあえる話である。マルコ少年は、アルゼンティンに到着直後、あり金全部を、すられたりするが、どうにもならない窮地に陥ると、助けの手をさしのべてくれる人々に会う。

異国で、生活を切り開く苦難をのり越えた移民同士、それ程余裕のある人は少なくても、他人の苦労を、見て見ぬふりはできない心の温かさがあると思う。

ブラジルの下町の空地では、日本の農村でのえりかちゃんのように友達ができない、というようなことはなく、皮ふの色がまったくちがう子供同士が、同じひとつのボールをけりあっている。

ブラジルでは、人と人のつながりが、日本より密接な気がする。

日本でも

経済的には、中南米より豊かだとされる日本で、たくやのお母さんや、えりかちゃんのお母さんが、幼いわが子を手放すには、子供好きのじーじの想像を超えた苦しみがあったにちがいない。

しかし、探査機「はやぶさ」のように、一度は進路を見失って、暗い宇宙をさまよったあとでも、わが子が発する信号を受信して、子供のもとに帰ってくることがないだろうか？　二人の母親に向って、信号を発するものはないだろうか？

ばーばは、えりかちゃんがじーじにくれた一枚の手紙を宝物のように伸ばし、祈りを込めて、壁に画びょうで、しっかりと、とめた。

著者プロフィール

有水 博（ありみず ひろし）

1937年台南市生まれ（本籍・群馬県）。

1960年東京外国語大学ポルトガル語学科卒。ロンドン大学SOAS修士。川上貿易（株）1年半。北洋水産アンゴラ1年半。外務省中南米課、ブラジル、ポルトガル、ボリビア17年。大阪外国語大学19年。近畿大学文芸学部5年。

著書「辺境の地で働いて」（文芸社）等。

第二の人生＝流氷に乗って来た白熊＋童話集

2023年1月15日　初版第1刷発行

著　者　有水 博
発行者　瓜谷 綱延
発行所　株式会社文芸社
〒160-0022　東京都新宿区新宿1－10－1
電話　03-5369-3060（代表）
03-5369-2299（販売）

印　刷　株式会社文芸社
製本所　株式会社MOTOMURA

ISBN978-4-286-26086-0